作家出版社建社70周年珍本文库

策划 / 鲍　坚　张亚丽
终审 / 颜　慧　王　松　胡　军　方　文
监印 / 扈文建
统筹 / 姬小琴

出 版 说 明

　　1953年，作家出版社在祖国蒸蒸日上的新气象中成立，至今谱写了70年华彩乐章。时代风起云涌间，中国文学名家力作迭出，流派异彩纷呈，取得的成绩令世人瞩目。作为中国出版事业的中坚力量，作家出版社在经典文学出版、作家队伍建设、文学风气引领等方面成就卓著，用一部部厚重扎实的作品，夯实了新中国文学的根基。为庆祝作家出版社成立70周年，向老一代经典作家致敬，向伟大的文学时代致敬，我们启动"作家出版社建社70周年珍本文库"文学工程，选取部分建社初期作家出版社首次出版的作品重装出版，彰显中国风格、中国气派和文学价值观上的人民立场，共同见证新中国文学事业的勃发和生机。相信这套文库的文学价值和社会意义，将随着时间的推移而日益显示出来。需要说明的是，由于一些原因，未能尽数收录建社初期所有重要作品，我们心存遗憾。衷心感谢中国作家协会、各位作家及作家亲属给予本文库的大力支持。

作家出版社

内容简介：

著名诗人李瑛创作于1952年至1962年的诗歌精选集。作为影响无数人成长的红色经典，《红柳集》分为六辑，以细致而华丽的笔触反映边疆军民丰富的生活，展示军人激扬的豪情与意志。前线战士、汽车兵、勘探队员、乡邮员、牧人、黄河儿女……这些时代新人纷纷走进李瑛的诗行，一首首诗作因此充满青春气息、爱国情怀与奋争精神。

李瑛

(1926—2019)

河北省丰润县人。中国当代诗人。曾任中国文艺界联合会副主席、中国作家协会主席团委员等。出版60多部诗集,其中《我骄傲,我是一棵树》获1983年首届全国诗集评选一等奖,《春的笑容》获1985年第二届全国诗集评选优秀奖,《生命是一片叶子》获1999年首届鲁迅文学奖诗歌奖,《我的中国》获全国优秀图书奖。

作家出版社 首版封面

《红柳集》

李瑛 著
作家出版社1963年9月

红柳集

李瑛 著

作家出版社

图书在版编目（CIP）数据

红柳集 / 李瑛著. -- 北京：作家出版社，2023.10
（作家出版社建社70周年珍本文库）
ISBN 978-7-5212-2450-4

Ⅰ.①红… Ⅱ.①李… Ⅲ.①诗集—中国—当代 Ⅳ.①I227

中国国家版本馆CIP数据核字（2023）第162456号

红柳集

策　　划：鲍　坚　张亚丽
统　　筹：姬小琴
作　　者：李　瑛
责任编辑：向　萍
助理编辑：陈亚利
装帧设计：棱角视觉
出版发行：作家出版社有限公司
社　　址：北京农展馆南里10号　　邮　　编：100125
电话传真：86-10-65067186（发行中心及邮购部）
　　　　　86-10-65004079（总编室）
E-mail:zuojia@zuojia.net.cn
http://www.zuojiachubanshe.com
印　　刷：北京盛通印刷股份有限公司
成品尺寸：142×210
字　　数：111千
印　　张：7.125
版　　次：2023年10月第1版
印　　次：2023年10月第1次印刷
ISBN 978-7-5212-2450-4
定　　价：68.00元

作家版图书，版权所有，侵权必究。
作家版图书，印装错误可随时退换。

李瑛的诗
——序《红柳集》

张光年

李瑛同志从他十年来所写的几百首抒情短章里面，选出八十几首，编成这本《红柳集》。我读过他此前出版的几本诗集，近来又反复披阅了这本选集的校样。我越来越喜欢这本《红柳集》，其中有不少很好的诗，耐读的诗。我因结识了这位热情而勤奋的诗人，感到非常高兴。

我们的革命军队是一个伟大的熔炉，单从文学上说，这些年来，从中锻炼出了多少优秀的作家和诗人！李瑛同志是从这个熔炉里炼出的一批文学新人中的一个。北京解放后，他跨出大学的门，参加了人民解放军。此后他作为随军记者、部队的文化工作者，跑过很多地方。一九五八年，他在海防前线当过一年兵。此刻还在部队从事文艺工作。他的思想、感情、经验和才能，就在这个伟大的革命集体中间，年复一年地成长起来。虽然不能说是完全摆脱了知识分子趣味和学生腔，但是十分可贵的是，他学会了用革命战士的眼光来观察世界，观察人，用战士的心胸来感受、思考现实生活中许多动人的事物，并且力求作为普通战士的一员，用健美的语言，向广大读者倾吐自己认真体验过、思考过、激动过的种种诗情画意。

打开《红柳集》，一页一页翻下去，我们就被引进了天南地北五光十色的各种画面中间。我们时而来到东海最前线，听"炮击金门后，海啸声变高"，同交通壕里的战士们一起，"举杯喝口热开水，笑看金门大火烧"；时而来到十分险峻的海滨观察哨，那里，战士们"把山作墙垣，海作庭院"，那里，"哨所静悄悄"，可是"电话机，紧绷着神经在倾听，望远镜，大睁着眼睛在寻找"。诗人时而带我们观赏舰队出海的雄姿；时而向我们讲述塞外风沙的传奇；时而把我们带到五指山中，听年轻的小河愉快地歌唱；时而带我们来到黄河渡口，看擒龙姑娘矫健的身手。他带我们翻过乌鞘岭，看戈壁日出的奇景："太阳醒来了——他双手支撑大地，昂然站起"，"仿佛只需再走几步，就要撞进他的怀里"。他还带我们来到当年的朝鲜战场，听朝鲜人民军战士们演奏"最好的歌"："这琴弦是缴获的电线的铜丝，作琴箱的是火线上炸断的大树，敌人的弹壳作成响亮的铜锣，敌机的翅膀作成我们最好的大鼓。"我仿佛看到，诗人随时睁大着惊喜的眼睛，在注视、在赞叹、在捕捉新生活中美好的诗料，用全部热情加以酿制，使得各种不同的画面，在不同的程度上显露出革命战士的感情色彩。

在《红柳集》里，给人印象最深的是歌唱战士生活，特别是歌唱海防前线战士生活的那些作品。可以看出，这是诗人曾经作为普通一兵深入生活的宝贵收获；同时，诗人也把自己对于战士们的性格与心理的长期揣摩，对于党、对于祖国、对于革命战士的全部热爱，一起融汇到这些抒情短章里面了。在这些精致的短诗里面，用鲜明的富于表现力的语言，歌颂了前线的水兵、炮兵、号兵、侦察兵、飞行员、政治指导员……的英雄气概。他们不但是忠勇的，乐观的，而且是有高度革命觉悟，有丰富的革命感情的。李瑛同志同我们革命部队中其他出色的青年诗人们一样，善于用年轻的心胸去接近这些年轻的英雄，在共同的斗争中同他们建立感情，从而学会了这种本领：以战士的笔抒战士之情。广义地说来，《红柳集》中大部分的诗章，都可说是抒战士之情的艺术成果，它们从各个角度、在不同的程度上反映了新中国革命战士的思想、感情和理想。在诗人的眼光里，甚至祖国的一草一木，也都为战士的性格所感染。试读《给防风林》《小树》《杨柳和士兵》《红柳、沙枣、白茨》诸首，不难看到这个特色。在《哨所鸡啼》这首吟物诗里，诗人创造了一个昂立在群山之上引颈高唱的雄鸡形象。在这幅有声有色的哨所鸣鸡图上，可以看到这样的题句："莫非是学习了战士的性格，所以才如此豪迈、威严；只因为它是战士的伙伴，所以才唱出了士兵的情感！"说得好啊！正是要坚持不懈地从战士、从工农群众学习，成为战士们的最忠实的伙伴，继续发扬抒战士之情的良好品质，那就一定能够唱得更加响亮，更加豪迈而威严。

　　李瑛同志练出了一支管用的、听使唤的笔，善于挑选独具特色的语言，用来描绘、渲染各种不同的景色和情态。看他写舰队出港，真是云霞灿烂，水天辉煌，何等壮丽（《出港》）；写小艇破浪，则是风云变幻，波涛险恶，夺人心魄（《大海的骑士》）；写战士演出，"群山献花"，"大海鼓掌"，十分热闹（《来了战士演出队》）；写月夜潜伏，"夜是肌肉，我们是神经"，令人屏息（《月夜潜听》）；写戈壁的燥热，"亮晶晶的雨没落就干了"（《雨中》）；写草原的景色，"远处，牧女的银镯子一亮，羊群回圈了……"（《巡逻晚归》）；写塞外大风沙的来势，"像群蛇贴紧地面,一边滑动,一边嘶叫"(《敦煌的早晨》);写风雪道上乡邮员的身影,"寥廓的山野没有一个人,只一个黑点在天地间摇……"(《乡邮员》)……如此等等,都是着墨不多,而情景毕肖,落笔自然,不露斧斤痕迹。

在《红柳集》中,有一些篇章,在短小的篇幅中间,写出了一个汽车兵,一个勘探队员,或者一个乡邮员,一个牧人,一个黄河女儿……跃动的身影,固然重点不在于刻绘,而在于抒情,但也通过一个人物,反映出我们新生活、新性格的某些风貌。另外几篇作品,则通过戈壁滩上的一个兵站,塞外草原的一个小店,钢铁城市的一条大街,万山丛中的一条小路,写出了沸腾的生活,喧动的场景,跃进的脚步,人与人之间的新的关系。我特别欣赏《果子沟山路上》这一首:在西北边疆的一个荒凉山沟的小路上,现在真个是"车队人马涌如潮",南来北往的人们,日夜不绝于途。在那些富有节奏性的过往者对话中间,表现出人们的乐观精神、友爱关系和建设祖国边疆的自豪感,确是一首匠心独运的好诗。我感觉,这位诗人惯于、也善于采取因小及大的手法,或者说,从一件小事情上,逐步展开它可能具有的时代内容。除了前面谈到的一些例子,在描写国际斗争题材的诗篇中间,也可以看到这个特点。像从一袋麦粒描写了中朝两国人民的血肉关系(《一袋麦粒》);从一杯热茶展开了对于战斗的非洲人民的致意(《茶》);从一颗石子歌颂了古巴人民的英雄气概(《古巴情思》);从一堆玩具控诉了德国法西斯的滔天罪恶(《玩具》)。《玩具》这一首,诗人的想象十分具体,感情十分沉痛,读起来是撕人肝肠的。

李瑛的诗是写得细致的,细致而不流于纤巧。一般地说,他能够把细致和刚健结合起来,寓刚健于细致之中。从那些描写国际斗争题材、朝鲜前线和我国海防前线战士生活的许多诗篇中，可以感到热烈的战斗气氛和英雄气概。当他歌颂那些奔走在黄沙白草之间的青年战士、勘探人员及其他劳动者的坚强性格的时候，突出了险恶的自然条件的阻力，显示了人们克服困难的乐观精神，笔锋也吐露了一定的力量。另外一些描写新生活的美好景象的抒情小品，也写得意境清新，引人神往，但是读过以后，总还觉得深度不够，力量不足。我们新生活中一切崭新的、美好的东西，都是来之不易的，它们是在跟旧时代的恶劣影响、旧社会的习惯势力的艰苦搏斗中涌现出来的。可以说，每一个新事物、新性格、新风尚的出现，都走过一段艰苦的道路。要巩固它们，发扬它们，也都要经过不懈的斗争。要是我们的诗人在歌颂新人新事的时候，能够更多地着眼于此，更有意识地用诗的语言为新事物开辟道路，那么，纵然在抒情短章里面不一定写到这个斗争的复杂过程；或者像这个诗集中描写海防前线、朝鲜前线的作品那样，并没有直接写到对立面；只要在歌颂正面形象的时候，诗人心目中确实有一个对立面存在，我想，也一定会写得更扎实，更为激动人心，充满着战斗的诗意。这是一个带有普遍意义的问题，联想所及，顺便谈到。让我们互相提醒，共同努力吧。

1963 年 2 月

目录

战斗喜报

出　港 / 003

云在海面上大步疾走 / 005

大海的骑士 / 006

军　港 / 008

舟山群岛 / 010

熄灯号 / 012

战斗喜报 / 014

授　枪 / 023

初到哨所 / 025

我们的哨所 / 027

哨所鸡啼 / 029

哨所静悄悄 / 031

我的生日 / 033

来了战士演出队 / 035

月夜潜听 / 037

戈壁行军 / 039

戈壁兵站 / 041

靶场上 / 043

红柳丛中 / 045

汽车远去了 / 047

雨　中 / 049

夜巡祁连 / 051

夜过珍珠河 / 053

巡逻晚归 / 055

南方的山

井冈山哨口 / 059

大井的一堵断墙 / 061

山中小路 / 063

南方的山 / 065

给景颇族的兄弟和姊妹 / 066

礼　　物 / 067

早　　晨 / 068

从草地望雪山 / 070

第一条河 / 072

静悄悄的海上 / 074

贝　　壳 / 075

绿色的北方

给防风林 / 079

十三陵水库工地谣曲 / 081

张家口 / 085

绿色的北方 / 087

花　　店 / 089

深夜铃声 / 091

给造林远征队 / 093

乡邮员 / 095

"娃娃" / 097

飞　机 / 099

包头钢铁大街的清早 / 101

过黄河渡口 / 103

潼　关 / 105

包兰路 / 107

小　树 / 109

杨柳和士兵 / 111

戈壁日出

翻过乌鞘岭 / 115

玉　门 / 116

敦煌的早晨 / 118

沙的传奇 / 120

戈壁日出 / 122

傍　晚 / 124

过勘测队员墓 / 126

红柳、沙枣、白茨 / 128

在天山上空飞行 / 130

茫茫雪线上 / 132

夜过赛里木湖 / 134

果子沟山路上 / 136

野马渡 / 138

访阿尔克 / 140

八月风雨 / 142

养鹿姑娘 / 144

夜　歌 / 146

月色如银 / 148

打冬草小谣曲 / 150

春　天

朝鲜战场的一个晚上 / 155

一袋麦粒 / 157

春　天 / 159

最好的歌 / 161

献　花 / 163

玩　具 / 165

伊凡诺夫夜话 / 167

列宁的故事 / 169

血在燃烧

斗　争 / 175

澳大利亚，我听见你在哭 / 178

致印度尼西亚 / 180

寄战斗的古巴 / 183

富士山下 / 188

非洲的鼓声 / 189

茶 / 191

血在燃烧 / 197

古巴情思 / 201

和阿尔及利亚朋友谈胜利 / 206

读萨阿达拉的诗 / 208

后　记 / 210

战斗喜报

出　港

云霞扯起无数面旗号，
海上铺满了翎羽和珠串，
黎明为迎接我们舰队出港，
把水天筑成一片辉煌的宫殿。

一座座岛屿像披戴武装的巨人，
树林的叶簇像他们闪光的箭；
看他们在光辉的海面，
一排排列队站立，好不威严！

从没有这样隆重的仪典，
如此惊心动魄、壮丽非凡。
阳光从海面反射进云里，
天地间绷起无数道金色的弦。
这时我们的舰队向大海进发，
山鹰欢送、海鸟相迎，
云在掣动、浪在飞卷，

我们的红旗回答他们，
以水兵的豪壮的语言。

1956年10月

云在海面上大步疾走

云在海面上大步疾走,
海上便扯起一片喧响的雾;
雨呀、雨呀,穿不透的墙,
紧紧地遮住了四方的路。

我们的舰队要顶浪出港,
信号台用灯光深情地嘱咐;
脚下,波涛的鹿寨绊不倒他,
头上,雨的绳缆也拴不住。

1956年10月

大海的骑士

天空是狰狞的脸，
浪尖是锐利的牙齿；
几次警报已经过去，
失踪的渔船漂在哪里？

今夜，有多少颗心穿在雨上，
今夜，有多少颗心翻在海里！

突然云缝中钻出一只小艇，
像要在海上大胆地飞起，
风抓着它、浪扯住它，
在黑色的波涛中，不住打滚。

惊涛骇浪呵，不要冲击它吧，
它正在寻找倾覆的船只……

你看船头上站着的水兵，
正用灯光横扫疯狂的海水；

那灯光是一把威严的剑,
要把风雨捉住,摔进舱里。

夜的海上,这是唯一的脉搏了——
一只螺旋桨,几颗跳动的水兵的心。

暴虐的风雨呀,
夜并不是你的,
水兵才是真正的主人,
——大海的骑士。

1956年10月

军　港

这是我们威严的军港,
灰色的舰队像城垛、像远山,
闪光的钢铁镶着我们的祖国,
镶着我们的土地、我们的海湾。

看哪,你看它壮丽的容颜,
看它掩盖不住的自豪的情感,
舰尾的螺旋桨暂时沉默了,
浓厚的烟缕仍飘向遥远。

风浪里返航的舰艇,
载回满舱的故事、满舱的歌声,
炮管和天线,你们讲吧,
讲给我们的灯塔、我们的树、我们的山……

在漂着水鼓的港湾的岸上,
水兵正轻快地刷洗舰舷和甲板。

我们的港湾是绷紧弦的弓,
随时都准备射出待发的箭。

1956年10月

舟山群岛

呵,你三百多礁、滩、岛、屿,[1]
我的东海的山,东海的船队,
我数着你,呼唤着你,
用最好的歌将你赞美。

像草坪上散落的花瓣,
清幽的藤萝,喷香的玫瑰;
我在你群岛间快乐地戏耍——
像一个爱海的孩子,
你的瑰丽、奇幻,使我陶醉。

呵,你三百多礁、滩、岛、屿,
我的东海的山,东海的船队,
我数着你,呼唤着你,
用生命和青春将你守卫。

---

1. 舟山群岛北起大戬山,南至六横岛,长延二百多里,共有大小岛屿三百多个。

像母亲胸前闪光的珠串，
鲜红的玛瑙，墨绿的翡翠；
我在你群岛间警惕地巡逻——
像一个细心的主人，
清点他的每枚钱币、每颗珠贝。

1956年10月

熄灯号

天空的星越出越密,
一颗颗浮满海面;
我在山腰把军号吹响,
祖国和我一起又度完一天。

祖国呵,请你睡眠,
你忙碌了一天已经疲倦,
我的号声不是催战友去睡,
是向你报告国境的平安。

——晚安,东方海里的渔船;
——晚安,北方蓝色的雪山;
——晚安,西方喧腾的草地;
南海岛上的战士向你问安。

呵!我们美丽尊荣的北京,
也请你轻轻地、轻轻地阖眼;
当你听见海岛战士熄灯的号声,

也定会看见傍晚这铜号的金光一闪。

我们今天的日记已经写完，
祖国的成长又打下一个标点；
号声催我们又翻过一页，
明天我们将更奋发地跨步向前。

熄灯号吹过，星斗出全，
营房的屋脊上，月光一片；
睡吧，睡吧，亲爱的同志们，
睡呀，却要醒着刺刀和子弹！

1956年12月

战斗喜报

哨子响了……

铺草还了,缸挑满了,哨子响了,
部队集合就要离村;
老妈妈,老妈妈,好像不是我们出发,
是你撒出了这群小鹞鹰。

你望着望着,为什么出神,
取出来青的线,白的针;
你要为我钉一颗小小的纽扣,
你说:"可别让凉风吹着你们。"

滴着难舍的泪,缝呵缝呵,
你颤抖的手拉着我的衣襟;
哨子响过,我站进队里,
呵!衣襟上钉上了一颗滚烫的心!

我们的指导员

队伍出发上前线,
太阳如火烤人脸;
呼啦啦,那领头打旗的是谁呀?
——我们的指导员!

人汗马汗洒满道,
长途行军好疲倦;
吱扭扭,那推炊事车的是谁呀?
——我们的指导员!

脚起泡,肩磨烂,
道道河水道道山;
气吁吁,那背战士过河的是谁呀?
——我们的指导员!

扎下营,星光闪,
战士鼾声匀又甜;
影绰绰,那树下站岗的是谁呀?
——我们的指导员!

火炮上前线

汽车拖来一条山,
汽车拖来一道城,
威武的火炮上前线,
三山五岳好吃惊!

烟滚滚,月朦朦,
天摇地动滚蛟龙,
亮哗哗车灯一长排,
气势好威风!

不用脱下炮衣看,
炮身满红星,
他日归来功更大,
周身红通通。

树枝作伪装,
夜露亮晶晶;
坐在车上的战士呵,
眼比露珠明。

大炮心在跳,
满腔愤怒不作声;

坐在车上的战士呵,
心比大炮更沸腾。

习习夜风壮行色,
路草山花远送迎;
边境熟睡了,
鼾声匀又静。

已走多少远,
还有多少程,
问问驾驶员,
荧光数字记里程。

天不亮就可进阵地,
远处有鸡鸣。
祖国呵,母亲呵,
明天是单日——请听炮声!

我们全班六个人

我们全班六个人,
六人同操一门炮;
不同生,愿同死,
六条生命拧一道:
六双肩头挑祖国,

六副胸膛挡风暴,
六个铁环锁大门,
六块砖石拦海涛,
六把剑,六面鼓,
为了六亿人民永欢笑!

炮击间隙里

炮击间隙里,
四野静悄悄,
满地阳光多温和,
哪儿传来小鸟叫。

阵地小黄花,
何时一下开放了;
滚在旁边的弹壳呵,
青青的烟在冒……

说真话,艰苦呵,
真想站着睡一觉;
只因待命要急袭,
我心中烈火冲天烧。

小黄花,小野鸟,
战斗结束再问你好,

那时咱们来一齐笑，
只怕你们嘴太小！

炮击间隙里，
四野静悄悄，
祖国河山几万里，
好像一齐屏息等捷报。

炮击金门后

炮击金门后，
海啸声变高，
跳下炮位擦擦汗，
战士多自豪。

一粒汗滴千斤重，
汗把阵地鲜花浇；
一颗炮弹重万斤，
万炮齐发震海岛。

伪装网，轻轻摇，
交通壕里歌声高，
举杯喝口热开水，
笑看金门大火烧。

三更星乱飞,
战士怀里落多少。
炮管挑起一轮月,
好像提来灯笼送喜报!

绿色信号起

光灿灿——
绿色信号起,
战场的花,天上的花,
牵动铁鹰腾云起。

多少战士等花开,
万箭搭在弓弦里,
如今猛脱弦,
轰隆隆,摇天又动地。

我们的铁鹰去迎击,
万里大地跟着你,
山仰头,海举臂,
千山万水喊杀敌。

迎上去!迎上去!
战表高挂白云里;
亮哗哗的信号是首诗:
敌机你敢来,有我就无你!

我们的飞机

我们的飞机停在起机线，
像战士枕枪睡在战壕里，
银白的，草绿的，
昂头展翅平排起。

它们激战已一夜，
累了睡了不言语，
它那勇敢的灵魂呵，
仍然呼啸在云霄里。

云霄里，多风雨，
沿着海岸线飞呀飞；
左窗——大海，右窗——土地，
满舱都是阳光和豪语。

机场机场告诉我，
强悍的马，矫健的鹰，
曾驮回多少红太阳，
飞越祖国河山几万里？

现在我们飞机在小休息，
倚着跑道这登天梯，

等信号，一步跨上九重天，
回头看，全国人民望着你！

战士和孩子

孩子呵，到哪儿去？
——深深的酒窝还灌满了笑；
嘶———一声叫，
敌人的炮弹过来了……

战士如一支离弦的箭，
呼一下把孩子扑倒，
像突然飞来一架山，
震得这小岛直摇。

炮弹轰隆一炸，
战士未动分毫；
土落定，烟散净，
战士的血染红了花草。

当头的太阳乌云遮，
浪涛犹如战鼓敲；
孩子哇的一声哭出来，
滴滴泪搅起了海啸……

1957年7—12月

授　枪

连长授我一支枪,
拉栓哈哈笑;
我一看就爱上了——
这油亮崭新的"祖国造"。

一支枪,重多少,
珠穆朗玛难相较;
枪口撑住天,
枪托压海涛。

战士的任务记得牢,
从今起,咱把生命拧一道,
看住北方万座山,
守住南方水千条。

咱就是船的避风港,
咱就是车的阳关道,
让千万烟突矗起来,

让一轮红日当空照。

祖国呵,今日我枪在手,
只待一声冲锋号;
看我这战士啥成色,
战斗回来验刺刀!

1959年6月

初到哨所

当我最初补进观察班,
班长递给我开水半碗,
半碗水里泡着一句话,
喝吧,不要嫌它苦涩,难以下咽。

确实这半碗水呀,又涩又咸,
也许有一半是抬水人的汗;
"在这里,我们下山抬一次水,
就要珍惜地使用三天!"

班长说罢哈哈大笑,
顺手推开了身边的窗扇:
"并不是祖国对战士过于吝啬,
看她交给我们的这汪洋一片!"

突然哨所窗口上云飞浪卷,
那半碗水在我心上燃起了火焰;

祖国呀，感谢你的信任，
请给我吧，给我最艰苦的考验！

1960年12月

我们的哨所

三面是海，一面是山，
我们的哨所雄踞在山巅；
白天，太阳从门口踱过，
夜晚，花似的繁星落满窗前。

我们的哨所太陡太陡，
浪涛像在我们的胸膛飞卷；
我们的哨所太高太高，
它就要飞上青天。

虽然这哨所又小又险，
我们却感到宽阔又平安；
我们双脚踏稳地面，
把山作墙垣，海作庭院。

从山上垂下一条小路，
和祖国的条条大道接连；
为回答祖国的叮嘱，

我们挥手,用一缕炊烟。

一面是山,三面是海,
山海紧偎着我们观察班。
祖国对我们满怀期望,
我们献给她一颗赤胆!

1960年12月

哨所鸡啼

是云?是雾?是烟?
裹着苍茫的港湾;
是烟?是云?是雾?
压着港湾的高山。

山上山下,一团混沌,
何时才能飞出霞光一片?
忽然间,哪里?在哪里?
一个生命在快乐地呐喊?

压住了千波万壑,
吐出了满腔喜欢;
喃,是我们哨所的雄鸡,
声声啼破宁静的港湾!

看它昂立在群山之上,
拍一拍翅膀,引颈高唱;
牵一线阳光在边境降临,

霎时便染红了万里江山。

莫非是学习了战士的性格，
所以才如此豪迈、威严；
只因为它是战士的伙伴，
所以才唱出了士兵的情感！

1960 年 12 月

哨所静悄悄

海防线，哨所静悄悄：
墙上——一支信号枪，
桌上——一只马蹄表；
电话机，紧绷着神经在倾听，
望远镜，大睁着眼睛在寻找；
我的小骑枪呵，
在我的肩头眯眯笑……

海防线，哨所静悄悄：
背后的山，迎面的潮，
脚下淘气的小兔子，
头上打旋的白水鸟，
都认识我们观察哨，
压低了声音不吵闹。

海防线，哨所静悄悄：
同志呵，仔细识别吧——
舰艇、客轮、渔机帆，

进入观察区都记好；
记录簿子作画板，
着力地画呵、细心地描，
这就是祖国前进的远航道！

海防线，哨所静悄悄，
小骑枪呵，在肩头眯眯笑……

1960年12月

我的生日

按照家乡的习惯，
生日总要吃一个鸡蛋；
多少年渐渐长大，
古老的习惯也渐渐疏远。

昨晚在山顶哨所值勤，
忽看见连长摇呀摇地上山，
他临走塞给我一个鸡蛋，
原来我的生日就是今天。

沉甸甸滚热的鸡蛋，
猛然把我的记忆牵向遥远：
儿时的伙伴，妈妈的容颜，
家乡的中午，鸡鸣一片……

然而今天我怎能忘怀，
在连长面前我又回到童年；
他拍着我的肩没说一句话，

却倾尽了一片火炽的情感。

夜里，激动得睡不着觉，
眼前总跳着连长的身影一点。
明天，我要写封信告诉妈妈，
并且写一首诗，记下今天……

1960 年 12 月

来了战士演出队

黄铜钹，上下飞，
大红鼓，惹人醉，
海防线上的观察所，
来了战士演出队。

山作舞台云作幕，
海风轻轻吹；
节目单子几大张，
贴在西山背。

一阵阵琴声有多美，
一声声歌喉有多脆，
唱不尽壮志贯长虹，
弹不绝豪情如潮水。

别看观众只有一个班，
千山万水来作陪；
群山献花花如云，

大海鼓掌声如雷。

战友的情意实难忘,
如何答谢演出队?
红通通喜报全班抬,
映透了天海漫空飞!

1961年1月

月夜潜听

满月推起海的大潮,
满月照得大地透明;
巡逻组长说:
"今夜月圆,注意潜听!"

月亮,不要照出我的影子,
风,不要出声;
祖国睡去了,
枕着大海的涛声。

我们出发,伴着满海明月,
我们出发,披着一天繁星;
警觉的夜像万弦绷紧,
刺刀上写着战士的忠诚。

轻轻,再轻轻,
躲开月光,沿低谷潜行;
三块岩石,却有三双耳朵,

三簇野草,却有三双眼睛。

亲爱的家乡,亲爱的祖国,
多少神圣的命令藏在我心中;
就是这最大的信任和叮嘱,
为我们遮住了暴雨狂风!

远村传来鸡叫,回营吧,
不要告诉炊烟,不要告诉风。
边境好恬静,但要警惕,
夜是肌肉,我们是神经!

1961年2月

戈壁行军

多么渴望有一湾河水,
多么渴望有一片绿荫;
忽然这一切都一齐出现,
迎接我们在戈壁里行军。

近了,已看见柳丝轻摆,
近了,已看见湖水粼粼;
又有楼阁,又有水榭,
好像还萦绕着鸟啼阵阵。

我们的队伍连日跋涉,
忽遇见这座绿色的城镇,
怎不使初进沙漠的小伙子,
高兴得笑出声音!

……队伍走近,幻景消失,
还是褐的砾石,黄的云;
战士不由得哈哈大笑,

直惊得蜥蜴四散飞奔。

尽管是挂在半空的蜃楼海市,
且当作献给战士的画本;
可我们心上设计的图样呀,
远比它更美好十分!

看前面又出现一座更大的城市,
我亲爱的战友呵也不妨相信;
因为今天我们每前进一步,
距我们真正的理想不是又缩短一分!

1961年9月

戈壁兵站

一天没见人烟,
好像隔世一年;
空旷的戈壁滩上,
忽飘起一缕炊烟。

夜风该吹起了,
炊烟唤车队进站;
汽车兵像雄鹰栖息,
跳出驾驶室,拍拍双肩。

站长督促:
"快进屋烫脚,洗脸!"
汽车兵送来一片笑:
"先检修好车,明天要翻山!"

掀开大门帘,
灯光照满脸,
黄泥巴的土房里,

装了一屋子温暖。

软绵绵的红花被,
厚敦敦的羊毛毯;
什么时候又多了一只小羊羔,
在地下缠着腿打转。

炊事员端来一锅水,
浸着说不尽的情感;
不要嫌它沉着半锅沙,
是从几百里外运来兵站。

天好高,地好宽,
月亮升起了,又大又圆;
冷风吹得石头在炸裂,
亮晶晶的大沙砾在骆驼刺下打闪。

小屋里有多少甜梦,
梦里有多少绿色的春天,
不要说戈壁荒凉冷漠,
大家庭的情感融化了荒滩!

1961年9月

靶场上

不要说戈壁滩阔野茫茫,
三五百里不见人家,
钻进去,看卵石深处,
插着多少胸像靶!

靶前——枪口闪亮,
枪后——笑脸飞霞;
整个大戈壁就是我们的靶场,
卵石下飘起的炊烟就是家。

母亲祖国呀,感谢你,
交给我们一天星斗,万里云霞;
我们就用子弹守卫这每颗沙砾,
让它为我们育草生花。

哈!除了这粗犷的大戈壁,
哪里能装得下我们——

这满腔豪情,一声枪响,
和那比早起的太阳还大的胸前的红花!

1961年9月

红柳丛中

月亮升上来了,水一般清,
沙漠像水下的沉淀,死一样静,
好深的夜哟,好冷的夜哟,
哪里滚过来阵阵笑声?

笑声飘过来两顶帐篷,
帐篷上贴满幢幢人影;
哈!是战士在打红柳条儿,
编筐、编篓,迎接春耕。

编筐篓,好送粪哟,
编筐篓,好装收成;
不用说,待明春东风过处,
步步该就是一片葱茏!

今夜,看这盏灯多大胆,
圆睁睁,照亮了荒滩的梦,
不,更大胆的该是战士心头的秘密,

——一个壮丽的理想,一片深沉的爱情。

……那是谁在吹柳笛,
从一丝碧绿抽一派豪情?
今夜,戈壁滩上的月色真美好,
听,红柳丛又传出清脆的斧声!

1961年10月

汽车远去了

汽车远去了,
丢给我们一包邮件;
看文书飞呀跑呀,
背回来一袋子喜欢。

你的信带来家乡的草味,
他的信掠过水乡的帆;
一个个读呀念呀,
战友间还有什么秘密需要隐瞒!

这边,还有成包成包的书籍,
那边,还有成捆成捆的报卷,
谁还管这新闻已经过时,
听高声的朗读吵醒了荒滩。

这轻轻的一张报纸呵,
带多少喜讯飞越万里河山;
这薄薄的一页信笺呵,

带多少爱情给战士御寒!

不要说戈壁漠漠没有一条路,
从四方扯来无数道深情的线,
是嘱托、是期望织成的信念,
擦亮了我们的刺刀尖。

汽车远去了,
丢下一道尘土,一袋邮件,
丢下一排沸腾的地窝子,
搅动了偌大的荒滩……

1961 年 10 月

雨　中

一朵云，
拧下一阵雨，
匆匆地掠过车篷。

汽车兵，
从车窗伸出一只手，
想接一把水擦擦眼睛。

雨呢？雨呢？
好像顽皮的云朵，
在逗引我们汽车兵。

亮晶晶的雨没落就干了，
大戈壁呀仍如炉火熊熊；
汽车兵一笑，又瞪大了眼睛。

"干！"焦裂的唇边蹦出一个字。

车队切开大戈壁,

碾出一道七彩的虹……

1961年10月

夜巡祁连
——纪念一位侦察兵

十二年前为寻找一条进军道，
他倒在这雪山的风暴里了——
一颗种子在高山上埋着，
一个坚强的信念在他心里跳。

如今十二年了，在他背后：
果树开花，灯光闪烁；
多少次他不屈的灵魂呵，
在我们的梦里微笑。

今夜我们巡逻山脚，
又是那样的雪狂风暴；
难道是他正挥鞭高跨祁连，
和我们一起夜巡山道？

我知道，你脚下就是山河的源头，
就是岩鹰的巢，雷的巢；

看你手中的红旗,
仍紧缚着朔风怒号!

我们心上横卧着千山万水,
我们眼里都亮着一颗红玛瑙;
看战友正策马前进,
要问我们的意志,请看我们的马刀!

1961年12月

夜过珍珠河

整日在风沙里巡逻，
入夜，拾得一条闪光的河；
哪里曾见过这样的河水，
美丽、奇幻，充满欢乐！

是不是我记忆里的朵朵野花，
忽然在这里开个满河？
是不是遍野满树的山果，
在今晚一齐成熟，等待收获？

或像闪闪跳动的火苗，
一滴滴，一簇簇永不熄灭？
或像一千只斑斓的山雀，
叽叽喳喳，群飞到水下筑窝？

或者它不是、它不是河？
它只是我们的祖国母亲，
暂时把她的钻石，珍宝，

贮放在这条夜的沟壑……

我想捧一捧回去献给战友,
可它们却从我的指缝轻轻滑落;
"今夜的星星真亮,真大!"
班长一句话,溅得个满河熠熠耀耀!

如果你没有为祖国横枪跃马,
你怎能认识她壮美的山河;
你怎能认识九月高原的星斗呵,
色彩一串比一串亮,故事一串比一串多!

1962年5月

巡逻晚归

我们巡逻队回来了,
淡淡的风里马蹄轻敲;
绿草湖边饮饮马,
冲尽一天疲劳。

听鱼群扑啦啦打着苇箔,
惊起几只白水鸟;
远处,牧女的银镯子一亮,
羊群回圈了……

今晚该有多少快乐的梦,
滞留在一天走过的巡逻道!
掐一把野花带回去,
把它和情况一起报告。

看眼前,我们的地窝子多么美,
地平线上的玻璃窗似火烧,

是姐姐剪的窗花？是妻子寄的喜报？
——一朵绛红的云在天边上飘……

1962年6月

南方的山

井冈山哨口

哎！难道不是你这严峻的、
严峻的但又慷慨的山，
难道不是你守卫了我的民族，
用你全部的生命、情感、炸药和子弹！

整个世界的眼睛都看着你，
呵！中国腹地怒耸的群山！
你，五座哨口——五堆篝火，[1]
在中国的暗夜里熊熊高燃。

如今，三十年后，我来看你，
我巡游四方把你们一一追念。
我抚摸着你险峻的峭壁，
寻找你当年的工事和火焰。

---

1. 井冈山总脉系罗霄山脉中段，山区周围有荆竹山、八面山、汪洋界、桐木岭、朱砂坳等支脉，形势极险。党在井冈山上领导革命斗争时，曾利用这些高山峡谷设立五个哨口，驻兵把守，粉碎了敌人无数次进攻。

不要迷住我的眼睛，
三十年的风、雪、雷、电；
对我讲吧，讲吧，
贴在断崖的月亮、闪光的飞泉。

对我讲红军战士怎样守卫哨口，
山里老妈妈怎样送汤、送饭；
毛主席怎样从山顶望穿世界，
为了我们的今天、我们的明天。

哎！难道不是你这瘦弱的、
瘦弱的但又健壮的胳臂，
难道不是你抱着、摇着我的祖国，
使她成长在阳光里，直到今天……

1955年5月

大井的一堵断墙

早晨的雾像无声的雨,
山鹰扑打着露珠飞起,
我来了,为大井这堵断墙,
带来了我的第一首诗。

我站在这儿仔细地倾听,
我寻找着颓圮的房基,
我想到毛主席曾在这儿住过,
便好像回到故乡的怀里。

我听见他工作的声音了,
也好像听见祖国阔大的呼吸;
我看见他在房前踱着步子,
和一些贫苦的农民在一起。

他和他的战友们曾从这小窗
迎进最早的晨曦,
那时,甚至我们的今天,

就已孕育在这间房屋里。

尽管敌人七次纵火烧它,
现在只留下这半堵墙壁,
它却庄严地注视着未来,
述说一个平凡的真理。

我在这儿看见群山和海了,
看见到处举起的红色的旗子,
看见花朵、大树、流水和炊烟,
一起浴在阳光里……

现在我已经长大成人,
昨天的暴风雨已经停息;
断墙后一棵烧焦的老树,
却教育我怎样珍重过去:

老树伸出一根茁壮的新枝,
多像领袖当年坚毅的手势;
茂密的叶片在风中摇响,
激励我去参加斗争,赢取胜利。

1955年5月

山中小路

多少条闪光的小径,
一条条掩埋在深山,
它们在山丛蜿蜒回绕,
好像没有终点一般。

二十年前从这儿走出的人,
如今已散遍祖国,多么遥远;
但在风雨的黎明或傍晚,
他们一定会同时想起这可爱的山。

他们也一定会想起这条条小径,
路草山花难遮掩,
——那儿是否笼罩了一层薄雾?
——那儿是否为雪花铺满?

当然,他们有的已经死去,
把最后的喊声留在山间;
我脚下踏着的小径呵,

好像仍闪着他们斑斑的血点。

今天我从山外的大路走来，
踏进这山家小小的庭院，
看着崎岖小径上磨光的石板，
越觉得那大路多么宽阔、平坦。

一条小径切断一道水，
一条小径劈开一座山；
我们从昨天的小路越走越远，
我们今天的大路将日日增添。

1955年5月

南方的山

对于我们南方的山,
我的诗怎能用吝啬的语言,
满天的阳光、满天的云雾、满天的雨水,
碧绿、深紫,好不奇幻!

而且还有满坑满谷的大树,
而且还有亘古轰响的飞泉……
既然你微笑着站起身来迎接我,
我就要停下:"你好,南方的山!"

1955年6月

给景颇族的兄弟和姊妹

我感觉幸福,我看见:
在垂着乳房的木瓜树底下,
在垂着胡须的老榕树底下,
果实和爱情都成熟了……

人说,代表幸福用香醇的酒,
你们的酒酿得很醇;
人说,保卫生命用亮晶晶的子弹,
你们的枪射得很准。

1955年6月

礼　物

向日葵种满小河两岸，
向日葵围绕着边寨，
淳朴的彝族弟兄迎接我，
用向日葵子将我款待。

他们向我谈生活，笑声琅琅，
好像这葵子就从他们的心窝摘来；
对于我，比一切礼物都珍贵，
它藏着这样多的阳光、热和爱的光彩！

1955 年 6 月

早　晨

我们的边疆黎明在升起，
看！多么美丽，多么宁静，多么赤裸：
青紫青紫的是横断山脉，
白色的是小河。

缕缕炊烟在天空飘呀飘，
看它们多么快活！
我知道每缕炊烟下都有个熟悉的脸，
每个村寨里都忙些什么……

叫得最脆的是小鸟，
长得最美的是遍野的田禾；
呵，那山脚下的起重机已伸出长臂，
把第一块混凝土高高举起。

它闭着嘴没有说什么，
我却产生一个骄傲的感觉：

我看见它正举起一轮红日,
我看见它正举起我如花的祖国!

1955年7月

从草地望雪山

草地是辽阔的大海,
雪山是闪光的海岸,
云朵掠过草尖挂在山腰,
像泊岸的船落下篷帆。

当篝火熄灭化作灰烬,
红军的队伍走出了草原,
他们告别冰封的山顶,
怀着多么豪迈的情感。

把大雪当作翅膀,
把云雾当成衣衫,
一阵冰雹、一阵闪电,
千百面红旗映透了雪山。

自从铁流穿过奇险的山脊,
那儿就再没有任何神秘可言,
红军踏烂了不化的冰河,

只剩下银光在折曲的峡谷打闪。

今天我来到草地边沿,
从这里远望你晶莹的雪山,
"你是不是认识我,
我的笑声？我的容颜？"

"我是曾征服过你的英雄们的儿子,
他们的枪现在就在我的身边！"
我在这里向群山挥一挥手,
它们像对我把头点了一点。

忽然雪山由浅灰变成深蓝,
雪花又将把红军的脚印遮掩。
草地里的孩子们来吧,
让我们一起创造它美好的明天！

1955年7月

第一条河

——在五指山的山环中,黎民们成立了农业生产合作社,开掘了第一条灌溉水道。

像一个不知忧患的孩子,
喧闹的小河,为什么这样快乐?

  我的生命十分古老,
  我的心里充满了歌;
  但从没有像今天这样光芒四射,
  今天,来为古老的土地解渴……

呵!快乐的河,
你唱的什么?

  我唱古老的山和树
  恢复了青春;
  山里的人,山里的土地,
  组成新的集体,建起了合作社……

呵!波光闪闪,
你带来的又是一些什么?

  我带来的是无数把无弦琴、
  灿烂的书籍和花朵,
  灯光、旗子、香醇的酒,
  我带来一千个敬礼、一千个祝贺……

呵!那么你要到哪儿去,
我的河,我们的河?

  我没有尽头,
  但又到处都是我的尽头,
  你去看那稻穗上的每一粒米,
  青菜的叶子、路边的花朵……

呵!我明白了,可爱的河,
那么你又是怎样来到这座村落?

  是黎族兄弟把我从谷底引来,
  我是他们合作社的第一个新客;
  你看这山里哪儿不充满新奇?
  小鸟呵,帮我讲吧,我可不懂得这样多……

1956年11月

静悄悄的海上

静悄悄的海上,
一张帆在远行,
在那遥远的水天尽头,
仍然有我们的岛、我们的城。

帆在海的光洁的胸脯上滑着,
太远了,看不见动——
像南方中午堤边的蝴蝶,
那样静,那样轻。

1956 年 11 月

贝　壳

三月、四月、五月,
雨淋湿了海和它的贝壳。
一只贝壳,一片大海,
无数贝壳向我诉说。

贝壳说:告诉我吧,
告诉我今天欢乐的生活;
我虽然死了,却留下一只金色的耳朵,
为了倾听,倾听这时代的歌!

1956年12月

绿色的北方

给防风林

我要变成一棵树,请给我你的手,
让我们列队站立,好好守候;
挡住风沙,挡住雨雪,
用我们的胸脯、手臂和肩头。

人说,北方的风沙像漫天的浊流,
曾吞噬过斜挂的凄迷的日头,
一瞬间,千里禾稼、万里田亩,
突然变成一片枯黄的沙丘。

但今天再不允许、再不能够,
没有一条路让他们呼啸奔走;
有我们站在这里忠心地守护,
理想便会和谷物一起丰收。

别笑我们今天还是柔弱的树苗,
明天就将变成强悍的驭手,

把万匹风暴系在脚下，
看人们，笑脸歌声满村头。

1957年12月

十三陵水库工地谣曲

问明陵

好像仍然守卫着古代,
你们列队站立的獬豸、麒麟,
一座陵宫、一页历史,
穿过云山树海,我来叩问。

古代,多少人采石运土,
压弯了、压断了几世人的腰身;
珠贝绢帛、横征暴敛,
为修筑你帝王的陵寝。

然后他们老了、死了,
留下寂寞的月亮、亘古的怨恨,
空照着无羁的河水,一任它吞噬——
万里禾苗,百代子孙。

但是二十世纪忽然有一个早晨，
打眼，爆破，满山回音；
敢问你远古的天子可感到羞惭？
我们在筑大水坝，为万世的子孙！

挑土谣

  挑土，挑土，
  挑土，挑土，
一挑土献给坝基，
一挑土献给祖国；
  别看我们的筐子小，
  一边是山，一边是河。
把大地浸在汗里，
我们便会收获：
又是小麦，又是苹果！

  挑土，挑土，
  挑土，挑土，
一挑土献给金翅大鲤鱼，
一挑土献给明晚的灯火；
  别看我们的筐子小，
  一筐土，一条缰；
索住那河水，那劣性的马，
它已经驰骋了多久，

套上它，难逃脱！

  挑土，挑土，
  挑土，挑土，
一挑土献给百代的子孙，
一挑土献给爹妈和老婆；
  别看我们的筐子小，
  一筐土，一筐歌。
"穷困"在哪里，"哭泣"在哪里，
把它追着，把它抛掉，
埋下你眼泪颗颗！

寄温榆河小曲

你流了百代千年，
一直流进今天；
山要一面镜子，
云要一只杯盏。
我们的万顷小麦，
要一瓶足够的奶汁；
我们快乐的小鸟，
要一片树林作摇篮。

既然你爱我们，温榆河，
你就会爱我们的——

小麦、小鸟,
白云、高山。

我们也是爱你的,
我们就留你在我们中间;
给你铺一张床傍我们睡,
给你修一块场地供你游玩。

我们不知道你的源头,温榆河,
却知道你的明天;
你的明天是幸福的,
幸福的河会流到永远!

1958年2月

张家口

北去多伦,南去宣化,大道如线,
骆驼马匹扬起滚滚尘烟;
张家口,你沙海岸边的码头,
又有篷缆,又有雕鞍。

长城内外景色好,
大境门是风雪里的一道雄关;
昨天你曾锁住千镝万镞,
却锁不住今日歌声一串。

披风沐雨的张家口,
时代写就你多美的容颜:
车车毛皮,车车山货,
堆堆钢管,堆堆青砖……

看古山头上的烽火台,
而今也吐出了工厂的浓烟;
一炉铁水,一杯红酒,

来祭奠守卫边塞的祖先。

谁说漠北是迟缓的,
我却看见你正纵马向前,
红旗下蹄声正紧,
哪管它一天飞雪万重山!

1959年7月

绿色的北方

到塞上去不坐火车,
我愿一步步走遍大地,
纵然沙海深处有幻景,
我却向往那里的汽笛。

大踏步走去的是铁塔,
铮铮地流来的是水渠,
风沙遮不住新城的丰采,
车队又载来一批钻探机。

那讲野史的老人正向我娓娓谈叙:
"月下边关笳声急……"
突然从我身边驰过一匹马,
套马杆紧锁着昨天向天边飞去。

这时一个庄严的形象,
忽然在我面前高高耸起:

古塞北正向祖国誓师跃进,
林带是标语、烟缕是旗。

1959年7月

花　店

不用问低沉的驼铃,
不用问赶脚的长鞭,
过去黄风摇着小店、
墙头的枯草、颓圮的土圈。

门前布招迎来过往的行脚,
深夜土炕上睡不着觉,
一袋旱烟,两声长叹,
染苦了整个塞北草原。

如今我来借宿,
车窗内外全是笑脸,
窗前好花向阳开,
一身疲劳顿飞散。

铺的皮褥子,
盖的羊毛毯,
"同志,你去哪儿?"——"南下架桥!"

"你呢?"——"北上勘探!"

"哈哈,说什么出门在外,
有这么多同志,这车,这店,
塞北再大也显得小了……"
"小了,来往只像家里转!"

又一阵笑语飞出屋,
又一挂大车赶进院;
"同志,这地方叫个什么名?"
"过去叫'风岗子',新改叫'花店'!"

1959年10月

深夜铃声

深夜,哪里来一串铃声,
唤着滴银的夜,棕黄的沙漠?
不用说,是我们公社的驼队,
买回了农具、布匹、日用百货。

谁还愿引火暖手暖脚,
在路上多一分钟耽搁,
尽管大地还罩满茫茫冰雪,
年轻人心上早已是一片绿色。

他们早等着新农具、新机器,
来参加铡草、修河;
他们早盼着新鞋袜、新花布,
给春天增添更多的颜色。

想着想着,恨不得紧抽一鞭,
催骆驼一步把荒原跨过;
想着想着,好像全社人都迎向前来,

猎狗叫、孩子跳,多少新歌!

想着想着,好像脚下再不是荒野,
身边走的尽是火车、汽车;
想着想着,禁不住一阵朗笑,
——远处鸡鸣已叫白了天色……

1959年10月

给造林远征队

什么沙海,
什么沙岭,
你们踏住万顷流沙,
牵来了道道绿的长城。

要知道这里明天是什么颜色,
请看江南水乡的风景;
就是你们这群青年男女,
给古老的戈壁以年轻的心灵。

钻进去,钻到沙海深处去,
在浪尖上搭起帐篷;
一把铁锹,千颗种子,
一行脚印,万里屏风。

队队育苗,人人采种,
三百里风沙线一片青青,

每条林带都是一支巨大的彩笔,
对塞北,对祖国,写着爱情!

1959年10月

乡邮员

乡邮员同志过来了,
这么大的风雪,这么远的道,
暴戾的冰雪封了山和水,
却封不住乡邮员的脚。

肩上背着邮包,
脸上挂满笑;
一件羊皮袄在大风里飘,
两只皮靰鞡在雪地里叫。

"乡邮员同志快到屋里坐,
把风沙、把雪花一齐抖掉,
喝下这碗热酒压下万里雪,
再到火塘边来烤烤脚!"

"不冷,不冷,还要上道,
多少人家等着喜讯和问好;
全国大跃进拧成了一股绳,

我怎能多耽搁一分一秒！"

送来一封信，
使家里的灯花更亮了；
带走一封信，
使碗里的奶茶更香了。

门外，又一阵风雪，
拥走了乡邮员一串阔笑；
寥廓的山野没有一个人，
只一个黑点在天地间摇……

1960年3月

"娃娃"

塞北的天有多高，
塞北的地有多大，
人们说起它的气候，
只能用摇头表示回答。

一会儿阳光满地，
一会儿漫空的风沙，
一会儿大雪横飞，
一会儿又是遍野黄花。

说天热，沙上烤烂肥羊肉，
说天冷，冻掉条条狼尾巴；
"现在比过去好多了。"
答话的却是个"娃娃"。

她还穿着妈妈作的小花袄，
从江南走到阴山下；
头巾下裹一脸青春，

为祖国愿来受风吹雨打。

一只温度计——
测量漠北的体温和脉搏；
一架风速器——
挽住万匹脱缰的野马。

可她对祖国的爱情，
又有什么仪表能够记下？
别看她稚弱的身躯像一棵树苗，
风霜雨雪却全在脚下。

有人问她想不想南方，
她两手一拍身上的沙：
"这里眼看不就是莺飞草长，
那时我便真正回到了家！"

1960年3月

飞 机

是什么隆隆的声音,
呼唤着戈壁?
对风,对沙,大声呼喊,
用它强大的推进器。

教室的门关不住孩子们:
"看呀,看呀,一架飞机!"

  老师说:"它从北京来,
  给咱们在流沙上播种草籽;
  压沙丘、锁漠风,
  明年就黄蒿马莲绿满地。"

是什么隆隆的声音,
询问着大地、山区?
问每座山,问每条河,
告诉我,你的秘密!

蒙古包关不住孩子们：
"看呀，看呀，一架飞机！"

  妈妈说："它从北京来，
  在勘测一条新路基；
  明天汽车就要过门前，
  运来布匹，运来机器。"

是什么隆隆的声音，
问候着牧场的牲畜？
问候社员和草场，
问候毛纺厂、乳品厂的机器？

孩子们纷纷跑到大路上：
"看呀，看呀，一架飞机！"

  社长说："它从北京来，
  给我们运来了羊崽——
  细毛种羊运到了，
  快扫清棚圈，把稻草铺起！"

1960年4月

包头钢铁大街的清早

车铃响,汽车叫,
钢铁大街正是清早,
几十里的路面黑压压,
赛过黄河万里涛。

车轮追车轮,肩膀擦肩膀,
羊皮大袄披上身,齐往车间跑;
不同的民族,各路的口音,
每人心里都装着一张时间表。

——去炼铁厂炼铁,
——去焦化厂炼焦,
——去高空架烟囱,
——去地下挖管道……

他们好像是
从茫茫的沙海上跑来,
如今才跑上——

历史尖端的钢铁大道。

这条街的名字起得真好,
不然大街早给踩烂了。
把更多的钢铁献给每一天,
高速度,是这里战斗的基调!

1960 年 4 月

过黄河渡口

烟雨里,
我来过古渡口;
黄河呵,
可否借我一只羊皮舟?

我知道九曲十八湾的黄河水,
千百年岁月泻如流;
这渡口上的一支篙,
撑过多少忧和愁!

洗白了舵工的须发,
喑哑了舟子的喉头;
也许那浅滩下的烂篷布,
还系一抹古代的余晖在漂流……

……忽然间,迷蒙雨雾里,
歌声驾来了一只飞舟,
那船上站着一个使篙的人,

哈！原来是个小丫头！

鬓边一朵红野花，
千里黄水尽映透；
满怀深情一脸笑，
好个时代的擒龙手！

多少年惹不得的古黄河，
却见你风流岁月新开头；
听雨中截流筑坝的喧闹声，
又催绿多少嫩杨柳！

1960 年 5 月

潼 关

今日我到潼关，
只见三条省界夹一道土圈，[1]
问山西、问陕西、问河南，
何处是古代战马的尘烟？

古城楼下黄水沉积的沙砾告诉我：
这里埋着一半泥土、一半辛酸；
如今征服黄河，潼关作库底，[2]
捧一池清水来洗净忧患。

待明朝三门峡大坝拦伏汛，
残堞上将飞过多少新帆；
让朝霞再为它泼一池胭脂，
映得那白鸥白云更好看！

---

1. 潼关在山西、陕西、河南三省交界处，俗有"潼关鸡鸣闻三省"之说。
2. 三门峡水坝拦洪后，潼关城附近正是水库中心，湖面宽达几十公里，像一个大海湾。

古老的潼关,你没有死,
死去的只是那哭泣的月月年年;
年轻的潼关,你刚刚诞生,
你来为人民拦洪、发电!

1960年5月

包兰路

刚听罢黄河古渡炸冰坝,
又看到黄河水上泛桃花,
只一夜包兰铁路两千里,
穿起了多少人家。

沙漠里在炼焦、炼铁,
黄河上在修桥、筑坝;
一阵春雨进车窗,
陇中又在修渠迎绿化。

一列车,一阵呼啸,
北上的是机器,南下的是骡马,
日出日落的时间也长了,
看高原迈出的步伐有多大!

望不尽一路跃进景色,
听不绝歌声碾流沙;

包兰路是祖国一条突起的筋络,
它也是献给祖国的一条哈达!

1960年5月

小　树

黄河岸边栽着一棵小树,
有古老的黄河滋润,
有金色的太阳抚育,
它便向茫茫沙海吐出一片新绿。

它吐出新绿,欣欣向荣,
不是因为河水滋润,阳光抚育,
而是因为一个筑路战士,
在离开之前把它栽起。

党培育出一个坚强的战士,
战士把自己的性格赋予小树,
让它在这里代表自己,
挽住大风沙和雨雪晨雾。

还让它长叶子,结果子,
还让它引小鸟作窠来住;
它日夜看守黄河水,

它日夜保卫包兰路。

今夜战士去哪边,
河西?陇东?闽粤?巴蜀?
请问我们闪光的铁轨和路旁一棵棵树,
便是他迈出的豪壮的脚步!

1960年5月

杨柳和士兵

风沙里走来一队骑马的解放军,
长毛帽子皮靴子,
马枪挎在身,
嗬,一眼望去好精神!

风沙里站着片片柳树林,
像一片烟,像一抹云,
脚踏风雪,头顶烈日,
一把把扬起柳絮乱纷纷。

是谁栽了这片杨柳树,
招来小鸟叫阳春?
是谁抽出条条绿柳丝,
挽住青的流水白的云?

风沙里,传马嘶,
送一队骑兵出绿林,
柳林深处就是他们的家,

他们就是栽柳的人。

看杨柳多像这士兵,
深深的根须把大地抓紧;
肩靠着肩,臂挽着臂,
士兵比杨柳更坚韧十分!

千丝万线战风雪,
生在这里正逢辰;
待明年遍地马兰开,
高原景色更宜人!

1960年6月

戈壁日出

翻过乌鞘岭

翻过乌鞘岭,
西出嘉峪关,
扶着走廊的栏杆,
望无垠的大海一片。

风吹沙砾云乱滚,
苍茫的浪里没有一只船;
浩瀚的海水是戈壁,
连空气也七分苦涩三分咸。

倒不是没有真正的大海,
戈壁滩下浪涛翻——
我们富饶的油海在激荡,
玉门是喷泉!

1961 年 7 月

玉 门

一列轻油罐，
一列黏油罐，
列车送给我
油城一片。

山坡挂下的大道，
厚墩墩沥青铺地毯；
逗人怜爱的小杨树，
给它镶边。

走遍上坪、下坪，
尽是美好的情感；
河里流着故事，
眼里流着喜欢。

上班的工人采油炼油，
给越岭的车、破浪的船；
下班的工人在门前浇菜，

看一夜新芽又绽出几瓣。

街头上漫步偶一停脚,
都会拾得玉门人一片豪言:
让油香浸透大戈壁,
让井架高过祁连山……

石油城多么好,多么可爱,
只几天就要离去,时间这么短,
那乌黑乌黑的原油啊,
粘住了我的心儿一半……

1961 年 7 月

敦煌的早晨

在敦煌,
风沙很早就醒了,
像群蛇贴紧地面,
一边滑动,一边嘶叫。

但沙飞、风啸,
掩不住乡野大道歌声高;
白杨梢头又传来一片野鸟啼,
红柳丛中的渠水哗哗笑。

党河岸边走着一群青年人,
黄牛背上驮着捆捆树苗;
莫看每人肩头都有一小片沙漠,
他们要到瀚海的浪尖上去栽杏种桃。

……忽然,谁在吹笛子,这么早,
在田间、树丛?在沙丘、山脚?
我知道流沙湮不住他们的笛眼,

漠风也吹不断那憨厚的笑。

哈，走来了，三个孩子，
笛音回绕着三把铁锹；
红扑扑的小脸像怒放的牡丹，
他们要到学校去栽条林荫道。

人说敦煌连早晨也是棕黄色的，
黄的河水，黄的野云，黄的古堡；
可为什么透过万里沙帐，我却看见：
这早晨，湿湿的，青青的，有多么好！

1961 年 8 月

沙的传奇

铺一张黄沙的地毯,
挂一幅落日的垂帘,
苍茫中我走进敦煌城,
向导牵给我一道沙山。[1]

它像蜷伏,又像飞卷,
神奇得好像梦幻;
胧胧里一边笔陡,一边斜坡,
刀刃似的山脊切断云天。

老向导沉默中耸一耸眉尖,
一个严峻的传说燃一缕烽烟:
说古代一次保卫边塞的征战里,
一阵风沙将一队士兵埋堙。

---

1. "沙岭晴鸣"为敦煌八景之一。

锋镝箭镞还未饮敌人的血,
战士的头却被流沙吞咽;
于是一个个精壮的灵魂,
便在沙岭下日夜嘶喊。

明早你可以去攀登,去听,
簌簌流沙下这古老的悲怨,
英武的战斗、无畏的兵马,
至今仍旗飞鼓响,号角喧天……

自然,这只是一个传说,
可这里的风沙确实凶残;
它们吞噬了多少名城古国,
一千年又一千年……

也许这传奇过于虚幻,
像一片雾,像一片烟;
真正的神话呵是我们的现实,
那风沙已变得疲惫又迟缓。

今天,看我们英武的敦煌人呵,
在城东造林封沙,在城西引水灌田,
只留下这道沙岭埋一个传说,
为的是给外乡人来听、来看!

1961 年 8 月

戈壁日出

当尖峭的冷风遁去，
荒原便沉淀下无垠的戈壁；
我们在拂晓骑马远行，
多么渴望一点颜色，一点温煦。

忽然地平线上喷出一道云霞，
淡青、橙黄、橘红、绀紫，
像褐色的荒碛滩头，
萎弃一片雉鸡的翎羽。

太阳醒来了——
他双手支撑大地，昂然站起，
窥视一眼凝固的大海，
便拉长了我们的影子。

我们匆匆地策马前行，
迎着壮丽的一轮旭日，
哈，仿佛只需再走几步，

就要撞进他的怀里。

忽然,他好像暴怒起来,
一下子从马头前跳上我们的背脊,
接着便抛一把火给冰冷的荒滩,
然后又投出十万金矢……

于是一片燥热的尘烟,
顿时便从戈壁腾起,
干旱熏烤得人喘马嘶,
几小时我们便经历了四季。

从哪里飞来一片歌声,
雄浑得撼动戈壁——
我们的勘测队员正迎向前来,
在这里我看见了人民意志的美丽。

1961 年 8 月

傍　晚

太阳像只红灯，
一半沉进沙浪；
勘测队员的篝火，
在帐篷门口跳荡。

多么好的声音，
水在锅里煮响；
多么好的颜色，
火光映着霞光。

这是千百年来第一次，
我们的人马前来叩访，
可不要小看我们的帐篷，
它装得下工厂、楼房。

小王取块木板，
高高挂在门上：
"今天我们住高原门牌第一号，

明天，大街要比长城长！"

小李忙来答话：
"沙漠就是家乡，
你听：大路在召唤汽车，
河水在召唤灯光……"

二人说罢大笑，
头上跳出星光；
月亮像只红灯，
一半浮在沙浪……

1961 年 8 月

过勘测队员墓

墓碑下,
白草、黄云。
浩瀚如海的戈壁里,
埋着一个勘测队员的灵魂。

我不知道他在哪里诞生,
却知道为使沙丘变绿洲,
他曾用一盏马灯、一堆篝火,
照透了戈壁的暗夜沉沉。

不要说漠风扫过沙面,
没留下他一片脚印;
从铁塔,从城镇,
看他正大步飞奔。

测量旗和标杆拿在手上,
肩头扛起经纬仪和红日一轮;
多少纯真的爱情、回忆和理想,

点染着他壮丽的青春……

他用精壮的血染红大戈壁，
荒滩便获得一颗巨大的心，
如今从每一颗砾石里，
不是都能听到它跳动的声音！

1961年8月

红柳、沙枣、白茨
——给支援边疆建设的青年同志们

红柳、沙枣、白茨,
是生活中真正的勇士。

它们很贫穷,
甚至没有一片丰腴的叶子;
它们很谦卑,
甚至只占空间很小的位置。

它们索取得最少,
甚至没有一点雨露的滋润;
它们献出得最多,
甚至自己的影子……

看它们踏伏万顷流沙,
肩擎住一天雷雨,
倒下去又支撑起来,
眼中瞩望的只有胜利。

对跋涉在骄阳下干渴的旅人，
它们说："向前进，不能停息！"
对大漠湮埋的城池，
它们说："站起来，不能死去！"

它们坚信总会有一天，
一练子骆驼或牛车的木轮，
定会把这接天的老黄沙，
拉到博物馆去。

呵！也许只有这样浩瀚的长空，
才容得下它们的胸襟、理想，
以及它们对生活的深沉的爱，
和对于人民的忠实。

我说年轻的同志呵，
它们不正是你们的影子！

1961年8月

在天山上空飞行

在新疆，太阳很晚才醒，
八点钟，才睁开一只眼睛，
留下乌鲁木齐挥动的手臂，
绿色的雄鹰驮我远行。

望不尽天山千里冰雪，
听不断谷底涧水奔腾；
我们的林带长过天山，
墨绿的树涛响，盖过雪崩。

机舱里服务员递过一杯水，
水里有天山的雪影；
阳光熏烤着照进机窗，
满岭冰雪融成一杯温情。

掠过葱郁的果子沟，
闪过喧闹的石油城，
一朵朵云遮不住，

油香浸透,果子飞红。

祖国的大地母亲呵,
你孕育了多少欢乐的生命,
一块块彩玻璃,一张张花地毯,
我在碧空间向我们的人民致敬。

1961 年 8 月

茫茫雪线上

一条雪线,一片奇寒,
一条雪线,封锁天山,
猛烈的雪崩,骇人的冰川,
把多少秘密隐向人间。

什么岩鹰,什么雪燕,
看我们怎样踏烂了冬天:
冰窟间有我们观测站,[1]
雪谷里有我们养路班。

不要说漫天风雪压低了土屋,
不要说满空云雾涂暗了灯盏,
一把镐,震断你茫茫雪线,
一把锹,铲倒多少大雪山!

---

1. 为利用和研究高山冰雪,我科学院在天山山顶设有定位观测站。

向那里看吧——
云里雾里风雪里，
熠熠闪光的不正是他们——
红的旗，红的火，红的容颜！

问城里千条大道，
哪条不接连那越岭的公路？
问田间万道春水，
哪道不来自那亘古的冰川？

1961年8月

夜过赛里木湖

昨天我曾在高空看到你，
你像片翠绿的叶子落在山谷；
今晚我乘车驰过你身边，
却感到无际的碧波，在山麓起伏。

是什么在暗夜盈盈闪动？
穿透了水面的轻烟淡雾？
群羊的眼睛像掣动的流火，
宝石般的星星落个满湖。

点点灯光似浮动的航标，
在湖里，在湖岸，难以辨出——
是牧场老妈妈在捻羊毛？
是林区小伙子在磨板斧？

呵，今夜冷风送我过湖边，
看它宁静里透出一片忙碌；

我懂得你一百张嘴都说着同一句话:
"我们深感到劳动的幸福!"

1961 年 8 月

果子沟山路上

九月，果子沟的山路上，
一片尘土，一片喧闹。

"哪儿去呀？"
"去冬牧场搭棚修圈，
再加打几垛冬马草！
你们呢？"
"为牲畜转场，探路筑桥，
羊群随后就到……"

哈，果子沟，哪怕是条毛毛道，
沉在山丛不好找，
一声鞭花万山响，
绷得像弓弦一道道！
九月，果子沟的山路上，
笑声如海，歌声如潮。

"车队拉的啥？"

"拉的盐，拉的茶，拉的药；
　　转眼霜降雪飘，牧工进山了！
　　你们呢？"
　　"往农场运种子，送肥料，
　　大地焦急了，等着要……"

哈，果子沟，哪怕尽是盘龙道，
左弯右拐吓一跳，
汽车牵起万座山，
看风声起处，轮迹条条！
九月，果子沟的山路上，
篝火点点，锣鼓紧敲。

　　"入夜了，从哪儿赶来的好弟兄？"
　　"从口里，刚离学校，
　　全国到处都是家，八千里转眼就到！
　　你们呢？"
　　"给牧场调机器，往工厂送羊毛，
　　前边就是栈，快下车洗脸、烫脚……"

哈，果子沟，纵有大道一千条，
也显得小，也显得少，
这么多车队人马涌如潮，
催得万山野果林，明春一定花开早！

1961年9月

野马渡

伊犁河切开了大路,
召唤旅客下车洗净尘土。

七条缆索紧缚着急流,
七只渡船扼守着野马渡。

从哪个牧区载来一车车羊毛?
从哪个林场漂来一排排原木?

渡口食堂的维族老妈妈,
送你一脸笑,一块馕,一盘子瓜香果熟。

歇歇脚,擦擦脸,
眼前几百里长途又待起步。

"野马渡",路标上的大字凝视着茫茫阔水,
"野马渡",清晰地标在我的地图。

可哪里有攒动的马群?
哪里有长鬃、劲蹄、腥骚的尘土?

待渡的却只是一队队汽车,
北上伊宁,南下昭苏……

1961 年 9 月

访阿尔克

雪线上有白雪,
雪线下有马群;
年轻的放牧工阿尔克,
今天你又把马赶进哪一片白云?

第一次我们去找阿尔克,
只寻见小河边一串脚印;
第二次我们去找阿尔克,
只寻见他烧过的一堆灰烬。

这边不会有我们的阿尔克,
这里有死马的骸骨;
那边不会有我们的阿尔克,
那里有太多的狼粪。

向导没料到刚离他半月,
就再也找不到这个年轻人,
他为了使每匹马日日增膘,

远放牧,勤转场,这样细心。

争妍的野菊花快告诉我们,
叽叽喳喳的野山雀快告诉我们,
现在阿尔克呵住在哪里?
我们来看这三年不倒的"红旗群"!

走呵走呵,向导跳下马,
看了看被掠去草尖的苜蓿草;
走呵走呵,向导弯下腰,
看了看水洼子边的马蹄印——

忽然他用鞭梢遥指云深处,
"看哪,那天边攒动的定是他的马群,
因为那里呵,此时正是风高气爽,
因为那里呵,此时正是水清草深!"

1961年9月

八月风雨

夜雨洗着特克斯草原,
摇着它的毡房和棚圈;
敢问这时的草场和大海,
究竟谁更深更宽?

队长艾里汗吹熄了灯,
出门来看一看天,
几顶毡房像几颗溅起的水泡,
他一鞭抽响了马蹄一串。

哗哗的雨水打着羊群,
巡行的牧工在和它们做伴;
狗叫迎来了艾里汗队长,
他下马绕羊群走了一圈。

"风硬雨冷,休息吧,队长!"
"可要警惕呵,狼最爱这时出山!"
没等毡房里奶茶烧开,

队长已穿进茫茫的草原。

"哎——嘿！""哎——嘿！"
只听他几声吓狼的呼喊；
远处，羊群旁也有人呼哨，
远处，帐篷里的火光在闪……

八月风雨搅动草的浪头，
牧工的毡房在不住摇撼；
此时有多少跳动的心，大睁的眼，
警觉地守卫着草原的平安！

1961 年 9 月

养鹿姑娘

林海里有彪悍的猎手,
牧场云深处有年轻的鹰,
金黄金黄的养鹿场哟,
有沙玛尔汗纯真的爱情。

谁在清早穿一身白罩衫,
比五月草尖上的云彩还要轻?
——我们的姑娘沙玛尔汗,
提一篮子奶瓶走进幼鹿棚。

谁在傍晚披一条花头巾,
比天边的彩霞还丰盈?
——我们的姑娘沙玛尔汗,
到河边去洗饲料桶。

看她养的鹿崽多健壮,
看她扫的鹿圈多干净;
沙玛尔汗凭一双勤劳的手,

博格达峰怎挡住她的好名声。

从深山林海下来的猎手,
说来看他们送来的小鹿崽;
从草地牧场驰来的放牧工,
说来听呦呦的鹿鸣。

年轻人的心事姑娘都懂得,
是自己的辫梢系住了他们的眼睛;
她赶起鹿群下草场去了,
留下个空鹿圈,让他们去看、去听。

绿色的风吹来一支歌,
沙玛尔汗的歌声像百灵:
"天山养育的小伙子,我爱那劳动最好的,
不管在猎场还是圈棚……"

1961 年 9 月

夜　歌

随一阵马蹄落下，
响起了一架马达，
小牛犊，小羊羔，小马驹，
不要心跳，不要害怕！

"妈妈！妈妈！
放映队来啦！"
一句话推开多少毡房子的门，
一句话催开多少野菊花！

"孩子，换上你的新靴子，
已经烧好了，再喝碗奶茶！"
什么话能追上孩子们，
他们早像匹狂奔的小马。

"阿不都老汉去看电影吧，
我替你守夜，快去，就在那山下！"
苍茫的牧场上队长一句话，

草叶上闪着两滴老泪花……

夜来了,一张银幕盖草原,
夜深了,一片歌声,一幅图画。
"毛主席呵,各民族伟大的父亲!"
——梦里有多少深情的话……

1961年9月

月色如银

拍着翅膀的野山雀扎窝了，
一座一座毡房子关上了门；
阿罕，阿罕，现在是什么时辰？

头上星星就要出齐，
正好去乘马夜巡，
夏膘抓油，怕什么云重山深！

雪山、松林、草海，
欢迎我们吧，
马鞭赶来了一片声音。

可有一匹马失群走散？
听听鸣声，辨辨蹄音，
——条条缰都系在耳根。

高了高了，圆圆的月亮，
从雪线卷下来凉风阵阵；

我们的阿罕呵,快将袷袢裹紧。

拍拍滚圆的马肚子,
呷一口马奶酒暖透周身,
一鞭就圈拢起满坡的马群。

哪里在呼唤:"阿——罕——!"
"我在这里——普日——瓦——!"
深草里有多少下夜的人!

牧歌声声,催开多少野马兰,
是星多呢?是花多呢?
好静的夜呵,月色如银……

1961年9月

打冬草小谣曲

　　打呀打呀，打呀打呀，
　　七月的草是金，八月的草是银。

把把大钐镰一闪一闪，
唰唰的割草机好吓人；
四点钟，披山风钻出地窝子，
五点钟，割出一道绀红的云。

　　打呀打呀，打呀打呀，
　　不怕它天旱草短，不丢草一根。

打草的，要齐要净，
晾草的，要快要匀；
鸡脚草、肥羊草、孔雀麦，
一股股香味多醉人！

　　打呀打呀，打呀打呀，
　　早打早晒，早搂早运。

一座座山堆起来，
堆起来挡住万里云；
今冬再不怕风大雪紧，
羊肥马壮看明春！

  打呀打呀，打呀打呀，
  九月的草渐老，十月的草可要饿死人……

1961年9月

春 天

朝鲜战场的一个晚上

我永远不能忘记,
朝鲜战场的一个晚上,
呼啸的风闪动着炮火,
雪花攀挂在铁丝网上。

我们向前追击,经过这里,
这里已变成一片坟场;
黑暗中我忽然看见:
废墟间闪动着一堆火光。

火堆旁偎倚着四个女孩子,
怀里还抱着一个垂死的小姑娘,
她们没有哭泣并不是没有眼泪,
昂着头闪着严峻的眼光。

呵!夜这样深,
大地这样宽广,
谁能看见这堆微弱的炭火?

谁知道她们还活在这个地方?

我们匆匆地从这里经过,
温柔地抚摸一下她们的肩膀,
可是掏一掏口袋呵,
我们再没有一粒干粮……

你知道,在这些孩子面前,
我们忽产生怎样痛苦的感想;
多少年炮火中锻炼的小伙子,
今天都变得多么悲伤!

"记住,记住这一片废墟,
我们一定要回到这个地方!"
一个声音说:"我们回来,一定要回来,
来寻找这些幼小的姑娘!

"我们回来,一定要它阳光满地,
回来,要它变成炊烟四起的村庄;
这儿虽然不是祖国,但对于我们,
却正同亲爱的家乡一样!"

1952 年 11 月

一袋麦粒

敌人放的火还正在田里燃烧,
我们驻进一座疏落的村庄,
一位老妈妈忽跑到我们门前,
一袋麦粒高高地捧在她手上。

颗颗麦粒都有美好的故事,
个个故事讲着友谊和希望——
这是三支志愿部队的血汗,
使这些肥壮的麦粒滋长:

春天,敌机把这块田地炸翻,
驻在这里的战士忙把弹坑填上,
他们精心地犁田、松土,
像耕耘自己的土地一样。

季节到了,开始播种,
敌机又不断地把机枪扫响,
新驻进的另一队战士为了点种,

一个同志的血曾洒在田垄上。

麦芒儿闪动像浮着一片光,
麦穗儿临风像大海的波浪,
敌机又来把麦田扯起一片火,
带头抢救的是第三支部队的连长。

敌人妄想要毁灭这块麦田,
志愿军坚决要保护麦苗生长;
志愿军调换了三个部队,
三个部队的意志都是一样。

老大娘两眼含泪望着我们,
再没有更多的话儿好讲;
就在这一刻,望着这一袋麦粒,
我们心中却增加了无限杀敌的力量!

1952年11月

春　天

这是朝鲜艰苦的战争。
在前线，镶在每一扇窗子里的，
都是锈铁、烈火、
可怕的废墟和弹坑……

但是在我们师指挥所里，
窗前却放着一只美丽的花瓶，
那是一颗绿色的弹壳，
里面的花儿正开得鲜红。

"我们在弹壳里撒下种子，
好让春花在这里茁生。"
师长常常在战斗间歇，
把这件事讲给战士们听：

"这是出国后还击的第一颗炮弹，
它给大地带来了黎明；
当时曾炸翻无数美国鬼，

我们便发动了第一次冲锋。

"不是我有意地留恋过去,"他说,
"是这伟大的年代常在我心里升腾,
我常记起在黄河岸边,一次,
几个月昼夜地苦战之后,

"一个早晨,忽然惊醒,
我发现身旁,一朵野花格外鲜红,
它在一个牺牲的伙伴身边怒放,
才知道这是个多么宁静的春天的黎明!

"如今春天又降临在这英雄的土地,
这花儿仿佛是个不朽的象征,
为了对人类担负的责任,
我心上的感觉却和过去不同……"

现在我站在这花瓶前面,
好像那炮火依然在脚下轰鸣;
为了和平,我们才狠命地打击美国鬼,
好让生命重新在废墟上诞生!

1953 年 2 月

最好的歌
——听朝鲜人民军某部火线战士音乐队演出

这不是什么剧场、大厅,
这是座火线下的茅屋,
顶上是熏黑的柴草,
墙角点着融融的蜡烛。

"来吧,奏一支歌吧,
感谢远方的客人来听我们演出;
纵使这乐器奏不出和谐的曲谱,
却能把我们激动的心音披露。

"这琴弦是缴获的电线的铜丝,
作琴箱的是火线上炸断的大树,
敌人的弹壳作成响亮的铜锣,
敌机的翅膀作成我们最好的大鼓。"

从他们粗壮的手指间,
一曲曲战斗的歌轻轻流出;

它们立刻冲出这间茅屋,
飞进全世界每一扇闪光的窗户。

歌声拍着孩子们甜甜地睡去,
歌声使花儿密密地开遍溪谷,
歌声使同一条路上走着的人,
战斗中都结成亲密的手足。

听着炮火中这一支支歌,
我敬佩朝鲜这英武的民族,
这是多么美好的激越的歌呀,
明天它们定将处处染遍新绿!

1953 年 11 月

献　花

一个志愿军战士的坟墓，
隆起在靠山的路旁。
掩埋这战士的仿佛不是黄土，
而是一层层花的波浪。

这坟墓长年被花草遮蔽，
这坟墓四季散发着清香；
春风拂拂，花儿迎风飘动，
大雪纷纷，花儿冒雪开放。

哪里来这样多的花朵？
还开得那么多种多样。
哪里来这样好的花种？
一年四季永不凋黄。

这儿是一条僻静的山谷路，
这儿天天走着一位小姑娘；
她上学去，把采来的花献上一把，

她放学后,又把刚摘的花重新换上。

她不知道这牺牲者的名字,
也不晓得他倒下的年月和地方,
但她知道他是一个志愿军战士,
他献出生命为了我们共同的理想。

你也不必问这孩子的名字,
她是一个普通的朝鲜姑娘;
你看她虔诚地把花捧在胸前,
那花儿就像采自她纯真的心上。

1953 年 12 月

玩　具

每一次当我走进玩具店里，
常看见许多顽皮的孩子，
他们挂在妈妈腿上不肯走开，
他们要买积木去盖房子。

买了小车，还要皮球，
他们要和所有的娃娃做朋友；
孩子们的心灵那样可爱，
那样美丽、又那样温柔。

看见这些，我总想起
一间恐怖的监狱黑黝黝，
那儿堆满各种各样的玩具，
旁边便是绞架、焚尸炉和枪口。[1]

---

1. 德国法西斯在波兰所设的奥斯威辛集中营，现在陈列了一部分玩具，这是被杀死在这里的儿童留下的。

你看那小车的轮子曾滚过多少林荫路,
你看那盒盒积木曾搭过多少高楼,
那小娃娃的嘴巴已经污脏,
那喇叭的铜皮也已磨旧。

它们的小主人被哄骗到这儿来,
一直把心爱的玩具抱在心头;
孩子们从不曾怀疑这个世界,
觉得世界上只有温暖,没有丑陋。

谁知道可怕的事早在等候,
他们刚到,毒气就把他们的生命夺走;
整个世界陷进了黑暗,
那些玩具便落下他们的小手。

如今这些玩具陈列在这里,
好像仍在回忆过去的时候,
它们在对世界上每个人发问:
"为什么还不回来,小朋友?"

每一次当我走进玩具店里,
那座监狱便压上我的心头,
仿佛看到那些孩子也带着同样的欢乐,
笑着、跳着,从商店把玩具买走……

1954 年 11 月

伊凡诺夫夜话

战斗的枪声渐渐稀落,
已是临近拂晓的天色,
门外有人唱歌,生疏的歌,
哈!一群英俊的中国小伙!

就在门前这白桦林里,
擦着枪,传着水壶解渴;
他们结束了连夜苦战,
嘴唱着歌,心已睡着。

不知什么时候又悄悄开拔,
跃水渡河,离开了这座村落。
呵!为了年轻的苏维埃,
他们把热血倾在我的祖国。

从高加索山区,
到中亚细亚沙漠,
关于他们,有多少故事、多少传说,

他们曾点起多少不熄的篝火……

那时，这白桦还只是树苗，
四十年已长成大树棵棵。
今天见了您，又使我想起那个早晨，
想起我们战斗的友谊和那支难忘的歌！

1961 年 3 月

列宁的故事

静悄悄的拉兹里夫湖边

一九一七年七月,列宁为躲避敌人的搜捕,化装成一个芬兰农民,避居在拉兹里夫湖边,领导革命。

七月,拉兹里夫湖里的水有多静,
八月,拉兹里夫湖边的草有多青,
静悄悄、静悄悄走来一个人,
一个刈草人,辛勤又贫穷。

他在湖边呵,砍柴割草,
在沼泽里架一座茅棚;
他在湖边呵,燃一堆篝火,
把头上的天映得通红。

难道世界该永远躺在泥泞里,
任灌木杂草长上天空,

不要以为这里真是静如湖水，
茅棚里正孕育一场大革命。

当拉兹里夫湖边镰声静止，
涅瓦河上却响起炮声，
待人们知道这炮手是谁，
世上每棵草已换了新生命……

今天，拉兹里夫湖上的天有多高，
今天，拉兹里夫湖边的篝火有多红；
静悄悄、静悄悄走来一队红领巾，
来追念那伟大的刈草人——列宁！

真正的司机

一九一七年八月九日，列宁为躲避敌人的搜捕，离开拉兹里夫湖，化装成火车司炉，乘机车到达芬兰，继续领导革命。

窗外是苍茫的原野，
满车是匆匆旅客，
轰隆隆列车飞驰，
碾碎了八月的燥热。

是谁驾驶这一列火车，
不住向炉内加柴烧火？

是谁拉响一声尖锐的汽笛,
驶离国境的万里山河?

司炉原是伟大的列宁,
为领导革命他离开俄国;
如今那辆机车早已停驶,
可历史的车轮何曾停过!

我们的列宁是一名真正的司机,
他牵引的岂止是一车旅客,
他拖载的是整个世界,
沿时代轨道前进,唱着胜利的歌!

1961年4月

血在燃烧

斗　争
——给弗朗齐斯科·普恩特内布罗*

呵！普恩特内布罗，
我急忙走来，从东方，来看望你，
我听见锁链响在西班牙上空，
　　饥饿吞噬着马德里；
比利牛斯半岛躺在痛苦的大西洋上，
　　你在你的病床上翻滚。
呵！普恩特内布罗，
　　难道我的昨天
　　　　不是也曾有过和你同样的命运，
　　　　像四十度纬线把我们连在一起？

不能这样度你的一生呵，
既然你有

---

* 据报载：一个曾写过好几本书的西班牙作家弗朗斯科·普恩特内布罗，在马德里宣布，愿把自己的眼睛出卖给失明的美国人，以换钱来抚养他的四个孩子……

两千多万树木一样可爱的人民,
既然你有
　　　四个花朵一样美好的儿女,
你就要为他们献出终身。

不要!不要去向大人先生们乞讨,
不要用你的眼睛,
　　　换一个生锈的太阳,
　　　换一片黑暗的大地,
　　　换一顿可怜的早餐;
假若你出卖了一双眼睛,
　　　你的祖国便失去了一双眼睛,
假若你出卖了一双眼睛,
　　　你的城市便失去了一双眼睛。

厄波罗河对岸的灯火,
马德里湿润的黄昏,
你都再不能看见了;
　　　再不能看见了,
　　　　　从你的倔强的人民手中,
一轮红日正冉冉升起;
并且,假若你出卖了自己的一双眼睛,
　　　这就是出卖了光,
　　　　　出卖了色彩,
　　　　　出卖了微笑;
那么,你将怎样在傍晚,

找回你出去玩耍的女儿，
　　　　　怎样面对着她们
　　　　　　　把她们抱在怀里……

不能呵！普恩特内布罗，
你还要活下去，
　　像坚强的岩石、威严的碉堡；
你要把眼睛睁大，
　　像两把剑，严峻而犀利。
你要去斗争，去瞄准，
对付那些统治者、侵略者；
我要说：对于你呀，普恩特内布罗，
　　斗争便是粮食！
　　斗争便是河水！
　　斗争便是土地！
难道还有另外的道路，
能为你的孩子们争得
　　永世的幸福、解放、自由和独立？

1957年6月

澳大利亚，我听见你在哭

像一只锚抛在太平洋深处，
澳大利亚，我听见你在哭。

我看见一只肥胖的手抓着鞭子，
抽打你，像抽打一只陀螺。

我看见一个民族倒在羊群里，
从赤裸的背脊渗出血珠。

你被锁着呵——纯朴的民族，锁着，
甚至你的星星、你的飞鸟、你的树……

千百年你们在这儿生活，繁衍子孙，
却不能做主人，只因为黑色的皮肤。

呵！囚徒澳大利亚呵，
快起来敲响吧，你的胸脯和大鼓！

让你枪膛里的子弹告诉你，
惊涛骇浪中自有你前进的路！

1957年7月

致印度尼西亚

闪光的印度尼西亚呵

看,多么富庶、美丽而灿烂,
你的浪花,你的飞鸟,你的茶园;
印度尼西亚,闪光的印度尼西亚呵,
你是我们地球母亲胸前的珠串。

把反帝的旗子高高升起来,
它们的舌头在空中卷动,大声发言;
印度尼西亚、闪光的印度尼西亚呵,
你是一群洁白的鸽子,飞在蓝天。

哺育你长大的是火山和浪涛,
因此你那样威武、那样强悍;
印度尼西亚、闪光的印度尼西亚呵,
你是一只挣断了帝国主义锁链的风帆。

你好,西伊里安

西伊里安,你在哪里?
你在哪里,嘤嘤地啜泣?
太阳告诉我,你在赤道上,
呵,西伊里安,多久了,我找不见你。

我看不见积雪的喀尔登兹山,
银色的湖、棕色的村子;
在阔叶树下,我多想抚摸你,
西伊里安,你的土地。

今天我忽然听见木栎声,
从三千座岛上同时响起,
呵,是八千万印度尼西亚的儿子,
在寻找你,呼唤你,多么焦急!

他们捧着永不褪色的海水和阳光,
西伊里安,在向你宣誓;
他们要用拳头向敌人解释,
西伊里安,你是谁的土地。

我高兴,我就要看见你了,
从橡胶园、从咖啡园里;

你正微笑着向世界走来,
西伊里安!欢迎你加入我们新世纪!

1957 年 12 月

寄战斗的古巴

一

升起帆来,
把我们六亿人的问候,
载到古巴。

问候你:
甘蔗田里的镰刀,
阵地上的步枪,
田野里仙人掌的刺,
街头窗口的盆花……

到每一个十字路口去,
迎着满地阳光,我说:
古巴,把拳头握紧,去战斗!
古巴,你多么威严而强大!

二

是谁在轰炸你,
你还在摇篮里,就想把你扼杀?
是谁在诅咒你,
不准你笑,不准你对世界说话?

是他!就是他!
站在你门口的美国强盗!
他还想和过去一样,
把你抽打;
既然你不是他手上的一颗珍珠,
既然你不是他身旁的一根手杖,
那么,你就把愤怒和炸药混在一起,
用霹雳似的爆炸,
向他们回答!

三

据说,你们——
我的开采铁矿的工人兄弟,
过去,都没有一顶柳条帽;
我的种植甘蔗的农民兄弟,

过去,都没有一双鞋袜。
什么也没有,
过去,你们什么也没有,
从头到脚,从上到下。
可是,他们还要把你们和矿石一起,
投进火焰,
他们还要把你们和甘蔗一起,
放在机器里压榨……

于是,今天我理解了,
为什么你们握枪的手这样有力,
为什么你们的步伐坚定不拔;
为什么你们坚决要捏死殖民主义,
像捏死一只虱子,
为什么你们威严的喊声,
几乎使天崩地炸!

古巴,我知道你的国土是炙热的,
因此你周围的大海才沸腾着水花……

四

古巴,英雄的岛国,
你的船只正向明天进发。
在美洲夜雾茫茫的海面,

是你燃亮了标灯、火把；
在美洲夜雾茫茫的海面，
是你响亮的汽笛溅起了水花。

看见了吗，
民族独立的波浪冲激着你，
中美南美的船队
也已纷纷升篷、启碇，
发动了马达；
——一座冰封的大陆，
正在阳光下解体、融化！

好呵，古巴，
你看，在你身边，
站着多少好兄弟，好姐妹；
全世界人民和你在一起，
还怕什么海盗恐吓！

对于你门口的美国强盗，
必须斗争，只有斗争，
这就是对他们唯一的、最好的回答；
而总有一天，
（这一天已经近了！）
全世界人民，
将对他们进行最后的审讯，
在飞翔的鸽子的翅膀底下，

在白云底下,
蓝天底下,
太阳底下!

1960 年 4 月

富士山下

富士山下埋着什么秘密?
鲜血? 骸骨? 废墟?
母亲白发下闪光的眼泪?
美国刀尖下婴儿的哭啼?

不,还有炽热的岩浆,
还有烛天的火炬;
咆哮的风暴要卷走美国兵,
千百万只拳头举起了滴血的旗……

1960年6月

非洲的鼓声

朋友告诉我：在非洲，
常有人拍一种激情的鼓，
那鼓声浑厚而庄严，
像他们的土地和民族。

于是我想起历史，
非洲，千百年日落日出，
映着眼泪滴湿的鼓面，
鼓面上燃烧着愤怒。

今天，当最后一滴血，
还没有渗进泥土，
战斗的鼓声起自四处，
为自由、为独立，鼓在欢呼。

咚哞——咚哞，是谁在敲呵？
把胜利向世界宣布；
仿佛捶打健壮的胸脯，

仿佛摇撼整个大陆。

咚哞——咚哞,是谁在敲呵?
看不见他的脸,
却看见闪光的泪珠,
却看见战斗的幸福。

不用问是哪个国家、哪个民族,
是非洲在迈动脚步,
团结起来坚持斗争,
坚决把殖民主义逐出大陆!

鼓声掀起了大洋的浪涛,
大洋在倾诉千年的痛苦;
听,多少人的喊声从地心腾起:
乌呼鲁——乌呼鲁![1]

我倾听着来自非洲的消息,
仿佛触到了鼓膜的颤动;
非洲正微笑着向我们大步走来,
犹如那阴霾里旭日东出!

1960 年 11 月

---

1. 乌呼鲁,意即自由。

茶

报载，摩洛哥人民热烈欢迎中国种茶专家到摩洛哥指导种茶。摩洛哥的土地上长出了中国的茶苗。

晚上。灯下。
我读着黑非洲的诗，
喝着热茶，
忽然好像看到：
摩洛哥，
阿兹鲁谷地，
一片茶花。

茶花，
透出沁人的香味，
弥漫了非洲每间茅屋，
传到我家。
我说：
青铜铸造的非洲呵，
你会理解：

中国的小小的茶籽,
给你带去了多少
深情的话!

那一粒粒
肥壮的茶籽,
不久前,
还生长在我国南方,
有一千条水,
作它的乳汁;
有一千条山,
作它的床榻;
还有六亿双眼睛,
六亿双手臂,
保卫它,
不受践踏。

而在另一片大陆上,
在非洲,
在摩洛哥,
家家都有把
花瓶似的铜壶,
但——却没有茶。
就像河床,
没有水;
就像花盆,

没有花。

没有茶,
好客的主人,
将怎样款待朋友?
没有茶,
对战斗归来的士兵,
将说些什么?

于是古老的土地,
向朋友呼唤;
中国的茶籽,
便带着一片翠绿的梦,
万里迢迢到非洲,
在苍莽的大陆上,
舒青、发芽。
中国的大地呀,
尽管你的赠礼
多么微薄,
但在摩洛哥人民心上,
粒粒茶籽,
却像一颗颗砝码。
为什么?为什么?
是六亿人民的友谊,
在这里化作了:
流水一样绿的叶子,

奶汁一样白的花。

棵棵茶苗是稚弱的,
却经住了风吹雨打;
个个生命是幼小的,
却惊动了万顷流沙。
为什么?为什么?
是辛勤的摩洛哥人,
用淳厚的汗,
把小小的茶籽浇洒;
中国的茶籽,
便知道该怎样
表示回答。

——你闪着晶莹的、
宝石的光的非洲呵!
——你渗透着殷红鲜血的,
红土壤的非洲呵!
——你流着眼泪挺身而起的、
微笑的非洲呵!
——你战斗的非洲呵!
我们亚细亚的土地,
我的也曾经饱受
深重灾难的国家,
多么爱你,
他深知:

你们身上的镣铐

有多重，

你们门前的铁锁

有多大；

因此，请接受吧——

我们给你的战斗的敬礼，

和一千句深沉的问候的话！

晚上。灯下。

我读着黑非洲的诗，

喝着热茶，

我看见：

阿兹鲁谷地的茶花，

我甚至还听见它

吸水的声音；

我甚至还闻见它

香漫朝霞……

而同时，

我也想起：

刚果河畔的战斗，

奥雷斯山谷的篝火，

赤道线上肯尼亚的杉林，

尼亚萨兰大街上罢工的火把……

我深深地祝福你们——

所有全世界

为民族独立、

自由、民主
而战斗的人民,
且让我
以我们民族传统的习惯,
献给你
一杯热茶!

1960 年 11 月

血在燃烧

一

那是什么?
殷红的、闪烁的,
像火光一样亮、旗帜一样红,
照亮了非洲?

那是什么?
炙热像岩浆,
跳动像火焰,
滚荡像河流?

那是什么?
在号召,在控诉,
凛然面对世界,
发出怒吼?

那是什么、是什么呀?
是卢蒙巴的血,刚果的血,
从一颗颗沙砾,
流进每个人跃动的心头!

二

不要以为卢蒙巴死了,
在枪声中,在歌声中,
卢蒙巴和他的战友,
仍在刚果河畔战斗!

他的胸膛像青铜,眼睛像利剑,
头上站着太阳,脚下傍万里江流,
身后——
身后是刚果高昂的头!

他振臂高呼:
"给刚果自由!"
非洲的一千条瀑布都回应,
喊声震动了宇宙!

三

没有星星的夜,

一声枪响,
打穿了窗纸,
惊醒了黑非洲。

是谁谋杀了你,卢蒙巴?
一条皮鞭、一副镣铐、
一粒子弹、一杯毒酒?
我看见那儿,诗滴着血,花垂着头。

你说,是谁杀害了卢蒙巴,
刚果人民的领袖?
看吧,揭开联合国的帷幕——
美帝的利刃、美帝的枪口!

向世界宣布吧:
是美帝国主义谋杀了他,
这凶手,就是谋杀浅沼的凶手!
这凶手,就是谋杀穆米埃的凶手!

四

那是什么?
在燃烧,在激荡,
从阿非利加到南美,
从亚细亚到欧洲?

那是什么？

比风暴更猛烈，

比海啸更汹涌，

像地震，像雪崩，千倍的大过爆炸的铀？

那是什么、是什么呀？

是卢蒙巴的血，刚果的血，

它严峻地号召：战斗！

全世界掀起了同一声呼号：复仇！

1961 年 2 月

古巴情思

一

朋友从古巴回来,
带给我一颗石子;
粗犷像一把石斧,
浑厚像一支古老的谣曲。

我把它放在书桌上,
我便看见了
崛强的安得列斯的山脊,
——这整个古巴的土地;
甚至听到了
加勒比海的水声,
哈瓦那街头摇曳的棕榈,
和那田野里布谷鸟的鸣啼……

古巴,能不能说,

它也给我带来一片你的天空：
那绛红的花纹，
就是你的朝霞；
闪光的白点，
就是你亮晶晶的雨……

二

每天，当我坐在桌前，
它就对我讲述英雄的故事。
我知道，
它曾被出卖，
连同自由和它的儿女。
一双美国皮靴作命令，
一条美国皮鞭作法律，
可是从那时起，
威严的大地呀，
你就懂得了生活的意义，
你就懂得了自己存在的意义；
夜夜，
你磨利了多少复仇的枪刺！

据说，过去，当游击队员
在战斗中打光了子弹，
石头，就是武器。

据说，在保卫祖国的战斗中，
民兵的鲜血
染红了山岩，
那石头，
就变作一面抖动的旗帜。

传说，在古巴，
当人民战斗的血滴到地上，
夜晚，就凝成
一颗颗坚硬的石子；
——这就是为什么，
古巴呀，你的每一块石头，
都蕴藏着火的种子……

三

呵，我多么珍爱这份赠礼，
——这来自古巴的小小的石子。
它从地球那边，
越过茫茫大洋，
落在我的桌面上，
溅起我多少情思：
英雄马蒂的号召，
出征战士的歌曲，
矿山里机器的聒噪，

码头工人欢乐的号子……
这一切
都一齐回响在我的生活中，
成为我生活的一部分；
呵，难道有什么歌，
比这更宏伟，更壮丽！

古巴的弟兄们，
望着它，
我就像看见了你们高昂的头，
从骄傲的目光中，
感到了你们的脉搏和呼吸；
而我从中，
也得到多少鞭策和激励！

四

今天，
当我正沉浸在新年的欢乐里，
窗外，
我的祖国的夜空
正落下缤纷的爆竹和花雨，
红灯照着温暖的白雪；
我坐在桌前，
打开新的日历，

呵，红字的第一页——
古巴呀，染红它的，
不正是你三年前的今天
高燃的火炬！

于是我不禁捧起那石块，
顿时，我感觉，
在我们之间，
再没有距离，
那山山水水都一齐平伏，
那风风雨雨都一齐消失；
我忍不住大声呼喊：
你好呵，古巴！
我们虽分住在地球的两端，
不正像背脊靠着背脊？
让我们一起战斗、一起劳动，
迎来更大的光荣和胜利！

1961年12月

和阿尔及利亚朋友谈胜利

我们要用怎样的字眼
来谈胜利,
用蓝色的星星,耀眼的灯光,
滴露的鲜花,或清晨的鸟啼……

当战场上最后一颗信号弹落下,
溅起节日缤纷的花雨;
我知道这胜利的焰火呵,
比春天的花朵还茂密。

然而当它还没有到来之前,
人们曾怎样呼唤胜利:
从摇篮边母亲的嘴唇,
到堑壕里战士的血滴。

于是谈起胜利就应该想起——
奥雷斯山谷的第一声枪击,
战士肩头的尘土,干裂的脸皮,

硝烟和苦艾的气息染涩了雨滴。

谈起胜利就应该想起——
没有炊烟的家乡，被践踏的田地，
监狱里有多少裂心的嘶叫，
火线上倒下多少英雄儿女……

今天透过狂欢的眼泪，
我们才看见战场的晨曦；
打败侵略者赢得的解放呵，
有什么欢乐能和它相比！

因此当我们谈起胜利，
首先应该谈论枪刺，
谈论如何挖掘战壕，
谈论如何配带装具。

因为战斗的胜利呵，
永远随士兵的枪支一起向前；
革命的斗争和胜利，
就是一对孪生的兄弟！

1962 年 3 月

读萨阿达拉的诗 *

从战士的脚步获得了节拍，
从炮火的红光获得了色泽，
萨阿达拉，我听见了，
听见了你的歌。

穿过条条战壕和街道，
穿过无际的万壑千波，
你吐出的钢铁的声音，
比春雷还猛烈，比岩浆还炽热。

峥嵘的卡比利亚的山岩呀，
澎湃的马克达河的波浪呀，
都因你的呼唤醒来了，
看你的诗不正在他们眼中闪烁？

---

* 萨阿达拉是阿尔及利亚著名的爱国诗人，著有《胜利属于阿尔及利亚》等诗集。

是的，昨天，当一千个月亮沉没在山壑，
那堆堆篝火就是你的歌；
今天，那街灯、那飞鸟、那摇曳的橄榄树，
每个快乐的生命就是你的歌。

萨阿达拉，和你的人民一起歌唱吧，
把你全部的爱情献给生活；
我知道阿尔及利亚有很多山花，很多故事，
可最美的却是你战斗的歌！

1962年3月

后　记

　　收在这本集子里的短诗，是从我一九五二年到一九六二年十年间所写的短诗中选出来的。十年来，祖国发生了巨大的变革，这些变革在人们心理上产生了十分深远的影响。如今在整理这册小小的集子的时候，缅怀过去十年沸腾的岁月，面对更加壮丽的现实，就越发感到这些诗过于稚弱和单薄，从而却有些踌躇了。

　　但是，我想在这里表示，是党的乳汁哺育了我，使我在革命部队的大家庭中长大成人。我热爱我所生长的年代和土地，是她们，使我逐渐认识了人民和祖国，认识了斗争和生活，也认识了诗。于是在我学习拿枪的同时，也学习拿起了笔。我要用枪来保卫她们，用笔来歌唱她们。

　　不过由于自己思想水平和艺术修养都极差，深入群众斗争生活、认真观察和思考又很不够，所以始终没有写出什么像样的东西来。我想，亲爱的读者们单从这册薄薄的诗集中，一定也会看出：它们内容上的芜杂而欠深刻，形式上的不一致，就清楚地说明了我在这一段业余的创作实践中，只是在进行一些尝试和探索。现在把它们编印出来，不过想记录一下这十年生活在党的直接教育下所唤起的一些感受和对一些值得怀恋的事物的微小的纪念而已。

为了阅读的方便，我把它们依不同题材分编六辑；各辑中的诗，则是依写作时间的先后排列下来的。

在我的习作过程中，曾得到一些部队领导同志的鼓励和不少老诗人亲切的教导。这本集子的编选，又得到张光年同志认真、具体的帮助，他热情的教诲，使我难忘。

我知道，更艰巨的路还在前面，但是，我相信：有党的领导和培养，有老前辈的带路，有我的同时代许多作出了成绩的同行们的激励，我是知道该怎样积极地回答他们的。

让我和亲爱的读者们一起更勇敢地投入生活、投入战斗、共同前进吧！

作　者　1962年12月于北京